The STORY of DOCTOR DOLITTLE

怪医杜立德

[美] 休·洛夫廷 著　钱梦仑 译

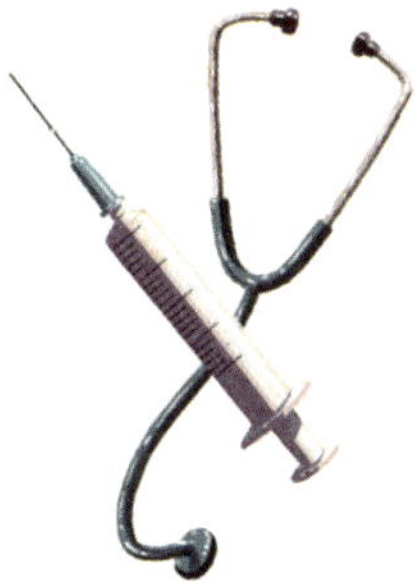

云南人民出版社

果麦文化 出品

CONTENTS
目录

CHAPTER 01
泥塘镇

很久很久以前，当我们的祖父都还是小孩子的时候，有一位医学博士，名叫约翰·杜立德，我们管他叫杜立德医生。“医学博士”的身份，意味着他可是位货真价实的医生，且无所不知。

杜立德医生住在一个叫做“沼泽地里的泥塘镇”的小地方。小镇上所有人，不论老少，一眼就能认出他。每当他戴着那顶高高的礼帽走在街上时，大家都会说：“看啊！就是那位医生！他是个非常有智慧的人。”街上的小狗和玩耍的孩子们都会跑来跟在他身后，甚至连住在教堂塔楼上的乌鸦都会点点头，嘎嘎叫上几声。

他的家就在小镇边上，是栋特别小的房子。不过他的花园非常大，有一大片宽阔的草坪，有石凳，还有垂柳。医生的妹妹，莎拉·杜立德，会帮他料理些家务，不过，他会亲自打理他的花园。

杜立德医生非常喜爱动物，家里养着各种各样的宠物。有住在花园池塘里的金鱼，有住在食品储藏柜里的兔子们，小白鼠们住在钢琴里，小松鼠则住在存放亚麻制品的壁橱里，还有一只刺猬住在他们家的地窖

里。另外，还有一头带着小牛犊的母牛，一匹二十五岁高龄的跛脚马，鸡，鸽子，两只羊羔，以及许许多多其他的动物们。不过他最喜爱的莫过于小鸭达达，小狗吉普，小猪嘎嘎，鹦鹉波利和猫头鹰图图。

医生的妹妹以前就总抱怨家里的这些动物，说他们把家里搞得一团糟。有一天，一位患了风湿病的老太太来找杜立德医生看病，结果一屁股坐在了正蜷在沙发上睡觉的刺猬身上。从此她宁愿每周六开车到十英里之外的公牛镇找另一位医生，再也没来找过杜立德医生。

这事过后，医生的妹妹，莎拉·杜立德跟他说："约翰，你在家里养这么些动物，怎么指望病人来找你看病呢？你以为好医生都是在客厅里养刺猬和老鼠的吧！这已经是第四位被你这些动物吓跑的病人了。詹金斯乡绅和牧师都说无论他们病得多么厉害，都绝不会再靠近你的房子。我们真是越来越穷了，这样下去，再好的人也不会来找你看病的。"

“但是，相比那些‘再好的人’，我更喜欢这些动物。”医生说。

“你简直不可理喻。”他妹妹说着，走出了房间。

久而久之，医生家里的动物越来越多，看病的人却越来越少。到最后，他一个病人也没有了，除了一个卖猫粮的人，因为这个人对任何动物都毫不介意。只不过，这个卖猫粮的人并不是很富有，而且他每年只生一次病，还只在圣诞节的时候。那时，他就付给医生六便士，买一瓶药。

一年六便士可远远不够维持生活——即便是在很久以前。要不是医生在钱罐里存了一些钱，谁知道接下来会怎样。

而且，他家的动物越来越多，显然，养这些动物得花不少钱。所以他之前存下的钱也所剩无几了。

后来，他卖掉了钢琴，那些小白鼠就住进了书桌的一只抽屉里。然而变卖钢琴得来的钱很快也花完了。于是他又卖掉了礼拜日要穿的那身棕色西服。就这样，医生越来越穷。

如今，每当他戴着高高的礼帽走在街头，人们就会交头接耳：“你瞧！那就是约翰·杜立德，医学博士！以前他可是西部各郡最有名的医生——瞧瞧他现在——身无分文，袜子上还都是破洞！”

不过，街上的小猫小狗和孩子们还是会跑来，跟在他身后一起穿过小镇——就像从前他还富有时那样。

CHAPTER 02
动物们的语言

有一天，杜立德医生正坐在厨房里同卖猫粮的人聊天。那天，他正因为胃痛来找医生。

“你为什么不去做兽医呢？不要再给人类看病了。”卖猫粮的人建议道。

鹦鹉波利原本正卧在窗户上，她一边望着窗外的雨，一边自娱自乐地唱着一首“水手歌”。这时她也停下来，竖起耳朵听着。

“大夫，你瞧，”卖猫粮的人继续说道，“你那么了解动物，比这里大多数兽医知道的都要多。你写的那本关于猫的书，那真是棒极了！要不是我自己不识字，也不会写字，说不准我自己也会写几本书呢。不过我妻子西奥多西娅，她可是个有文化的人，真的。就是她给我念了你的书。啊呀，真棒啊，实在是不知道还能用什么词形容，只能说真棒！就好像你自己就是只猫。你了解猫是怎么想的。听我说，你给动物看病是能挣很多钱的。你知道吗？你瞧，要是哪个老太太的猫猫狗狗生病了，我就让她们都上你这儿来。要是那些猫啊狗啊的不怎么生病，我也可以在那些卖给他们吃的肉里加点儿料，让他们生病，明白吧？”

“天哪，这可不行，”医生马上说道，“你千万不能那么做，这是不对的。”

“噢，我不是说真让他们生病，”卖猫粮的人辩解说，“我的意思是，只是在肉里加一点点东西，让他们吃了以后看起来病恹恹的就可以了。不过就像你说的，那对动物们可能不太公平。可是不管怎样，他们总归会生病的，因为那些老太太们总是喂太多东西给他们吃。而且附近哪个农夫家里要是有匹瘸了腿的马，或是只太瘦弱的羊，他们还是都会找你。所以啊，做个动物医生吧。”

卖猫粮的人走了之后，鹦鹉波利从窗户上飞下来，落在医生的桌子上说：“那人说的有道理。那才是你应该做的，做个动物医生。如果那些人没头脑，看不出你是世界上最好的医生，就别再管那些愚蠢的人类了。还是去照顾动物吧，动物们会很快发现你是多么好的医生。所以，做个动物医生吧。”

“可是，已经有很多动物医生了。”约翰·杜立德说着，把花盆移到窗台上，好让它淋到些雨。

“没错，是有很多，”鹦鹉波利说，“但是没有一个能算得上是好的。听我说，医生，我告诉你一件事儿，你知道动物会说话吗？”

“我知道鹦鹉会说话。”医生答道。

“哦，我们鹦鹉能说两种语言——人类的语言和鸟类的语言，”鹦鹉波利自豪地说，“如果我说，‘波利想要饼干’，你肯定能明白。但是你听这个：咔——咔，嗷——欸，吠——吠？”

“天哪！”医生喊道，“这是什么意思？”

“这是鸟语‘粥已经热了吗？’的意思。”

“我的天啊！不会吧！”医生说，“你以前从来没有这样跟我说过话。”

“有什么用呢？”说着，鹦鹉波利拍了拍落在左边翅膀上的饼干屑，“即便我这么说，你也听不懂啊。”

“再多给我讲讲，”医生非常激动，说着便冲到碗柜抽屉跟前，拿来了屠夫的本子和一支铅笔，“现在开始，别讲得太快，我要记下来。这简直太有意思了，太好玩了，真是闻所未闻！来吧，先从鸟语的基础知识讲起，讲慢点儿。”

就这样，医生渐渐了解了动物们其实都有自己的语言，而且还能相互交谈。整整一个下午，外面下着大雨，鹦鹉波利站在餐桌上教着他鸟语词汇，好让他记在本子上。

下午茶的时候，小狗吉普走了进来，鹦鹉波利对医生说：“瞧，他在跟你说话呢。”

“我觉得，他好像只是在挠耳朵吧。”医生说。

“要知道，动物们不总是用嘴巴说话的，”鹦鹉波利扬起了她的眉毛，高声说道，“他们还会用耳朵说话，用脚说话，用尾巴说话，甚至可以用身体的每一个部位说话。有时候，他们并不想发出声音。现在，你看到他正在抽动他一边的鼻子吗？”

“那是什么意思？”医生问道。

“那是在说，‘难道你没瞧见雨停了吗？’”鹦鹉波利回答说，“他是在问你问题。狗问问题的时候基本上都是用他们的鼻子。”

有了鹦鹉波利的帮助，医生不久便学会了动物的语言。他能听懂动物们说的话，也能独自跟他们交谈了。于是，他也就彻底放弃给人类看病了。

卖猫粮的人四处宣传约翰·杜立德要当动物医生。于是，老太太们立马把自家那些吃了太多蛋糕的哈巴狗、贵宾犬都送到医生这里来了。还有农夫们，把生病的奶牛和绵羊从好几英里外带来给医生看病。

有一天，一匹犁地的马被人送到医生这里来，他发现竟然有一个人能用马语跟自己交流，这可怜的家伙可高兴坏了。

“你知道吗，医生，”马说道，“山那边的兽医啥都不懂。他给我治疗了六个星期，一直以为我是腿上关节内肿。但我真正需要的其实就是一副眼镜而已，因为我有一只眼睛快看不见了。马怎么就不能像人一样戴眼镜呢？这没道理嘛！但是山那边的那个笨蛋甚至从来没检查过我的眼睛，还一直让我吃那些大药片。我努力想告诉他，我需要的就是一副眼镜，可惜他对马语一窍不通。”

“当然，当然，”医生说，“我马上给你配一副。”

“我想要一副你那样的，”马说，“只不过是绿色的镜片。在我犁那五十英亩地的时候，这眼镜能帮我遮阳，就不晃眼了。”

“没问题，”医生说，“你马上就会有一副绿色的眼镜。”

“你知道吗，先生，”在医生打开前门准备送这匹马出去时，马又说道，“有个麻烦的问题是，人人都以为自己能给动物看病，就因为动物不会抱怨。事实上，想当一个好兽医甚至需要比当一个给人类看病的医生更聪明才行。我们农场主的儿子以为他对马了如指掌。我真希望您能见见他，他那张脸胖得几乎看不到眼睛，而且脑容量就跟马铃薯瓢虫差不多大小。上周，他甚至还想给我涂芥末膏。”

“他涂到哪里了？”医生问。

“哦，我哪儿都没被涂到，”马说，“他本来是想那么干的，但我一脚把他踢进养鸭子的池塘里了。”

“哎呀呀！”医生惊呼。

“我通常都是非常温顺的，”马说，“对人们很有耐心的，也不吵吵闹闹。但是那兽医一直用错药本来就让我烦透了，所以，那个满脸红通通的呆子再胡闹的时候，我就忍无可忍了。”

“你伤到那个男孩儿了吗？”医生问道。

“哦，那倒没有，”马回答道，“我没有踢他的要害，那兽医在照看他呢。眼镜什么时候能准备好？”

“我下周可以配好给你，”医生说，“可以周二再过来，祝你早安。”

之后约翰·杜立德给这匹犁地的马配了一副大大的绿色镜片的眼镜，于是，那匹马再也不会像以前那样顶着一只快瞎掉的眼睛看不清东西了。

很快，家畜们戴眼镜便成了泥塘镇附近很常见的景象，也再没见过哪匹马眼睛“瞎掉”的事情。

于是，其他动物也都被接二连三地送到医生那里。当动物们发现杜立德医生会说自己的语言时，就会告诉他自己身上哪里不舒服，对医生来说自然就很容易治好他们。

后来，那些动物们都回去口口相传，说有个医生，家里非常小但有个大花园，他才是位真正了不起的医生。后来，无论何时，只要有动物生病，不光是马、奶牛或者狗，还包括田野间的小动物们，比如巢鼠、水鼠、獾和蝙蝠，他们只要一生病，就会马上跑到镇郊的医生家里去。有时候，排队等待看病的动物们简直把他的大花园挤得水泄不通。

来看病的动物实在太多了，所以医生不得不为不同种类的动物们开辟各自的入口。他在前门上写着“马”，侧门上写着“奶牛”，厨房门上写着“绵羊”。每一种动物都有自己单独的入口，即便是老鼠，也有一个通往地窖的小隧道，就在那里他们排着队耐心地等待医生过来。

就这样，几年后，十里八乡的动物们都知道了这位医学博士——约翰·杜立德。到了冬天，飞到其他地方过冬的鸟儿们会告诉当地的动物们，沼泽地的泥塘镇有位很棒的医生，能听得懂动物的语言，也帮助动物们解决问题。就这样，杜立德医生在动物界出了名，甚至比他当时在西南各郡中的名气还要大。医生很知足，也非常喜欢这样的生活。

一天下午，杜立德医生正在一本书上写着什么，鹦鹉波利一如既往瘫坐在窗台上，望着花园里被风吹得到处都是的落叶。不一会儿，波利大笑起来。

“怎么了，波利？”医生抬头问道。

“我只是在想。”波利若有所思地继续望着落叶。

“在想什么呢？”

“我在想人类，”她说，“人类真让我受不了，他们太自以为是了。你说，这个世界已经存在有上亿年了吧？而人类所知道的动物语言只是当他们看到一条狗在摇尾巴，那就代表‘我很开心’。这也太可笑了，不是吗？而你是第一个能像我们一样讲话的人。唉，有时候，人类太让我生气了——口口声声说我们是‘笨蛋、聋子、哑巴’。聋子！哼！如果是那样的话，那我怎么会知道，曾经有一只金刚鹦鹉，不用张开一次嘴巴，就能用七种不同的方式说‘早上好！’。他会讲所有的语言——甚至希腊语。后来有一位白胡子老教授把他买了下来，但是他最后还是离开了。因为他说老教授的希腊语说得不对，他实在无法忍受那老教授教的那些错误百出的希腊语。我常常在想这金刚鹦鹉后来怎么样了，他有着极其丰富的地理知识，人类根本比不上他，学也学不来。人类！噢，我的天哪！我猜人类有一天要是学会飞了，哪怕就像最普通的麻雀那样，他们肯定也要炫耀个没完没了！”

“你可真是只博学的老鸟，”医生说，“你到底多大年纪了？我知道有些鹦鹉和大象能活到很老很老。”

“我早就记不清我的年纪了，”鹦鹉波利说，“一百八十三，或者一百八十二岁吧。但我知道我第一次从非洲过来的时候，查尔斯国王还藏在橡树上，我知道是因为我亲眼看见的，他看起来真是特别怕死。”

CHAPTER 03
更多的缺钱问题

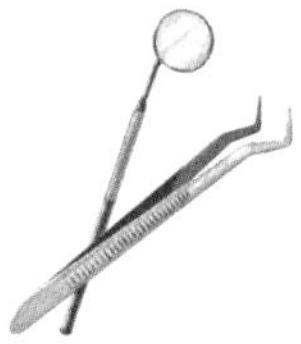

没过多久，医生又开始赚钱了。于是他的妹妹莎拉就买了条新裙子，感到特别开心。有些上门看病的动物由于病情严重，不得不在医生家里待上一个星期。等到他们开始好转了，就会时常坐在草坪的椅子上。

甚至有时候，等到他们完全康复后也不想离开，因为他们真的太喜欢杜立德医生和他的房子了。当动物们提出是否能够留下的时候，医生也从来不忍拒绝。就这样，他家里的宠物越来越多了。

一天晚上，医生正坐在花园围墙上，抽着烟斗。一位来自意大利的手风琴师用细绳牵着一只猴子从他身边走过。医生立马看出来猴子的项圈勒得太紧了，而且身上特别脏，看样子很不开心。于是医生夺过猴子，给了意大利人一先令让他离开。手风琴师非常恼怒，说他根本没想卖。但医生警告他说，如果还赖着不走的话，就给他鼻子上来一拳。约翰·杜立德尽管不是很高，但是挺强壮。于是意大利人就骂骂咧咧地逃走了。后来，这只猴子就和杜立德医生生活在了一起，还有了一个温暖的家。家里的其他动物叫他“奇奇”，这名字的发音也是猴语中很常见的一个词，意思是“红头发的人”。

还有一次，马戏团到泥塘镇演出，其中有一条鳄鱼牙疼得厉害，就趁着夜色逃了出来，去了杜立德医生的花园。医生用鳄鱼的语言和他交流一会儿，于是带他进了屋子，并治好了他的牙疼。但是，当鳄鱼看到动物们在这里可以各得其所，感受到了这是个多么温暖的大家庭，他于是非常想留下来和医生住在一起。他向医生请求说，要是他保证不吃掉鱼，是不是可以让他睡在花园尽头的鱼塘里。不久后，当马戏团的人来抓他回去的时候，他一下子变得非常疯狂非常野蛮，把他们都吓跑了。然而，对于家里的每个成员，他总是像只猫咪一样温顺。

但也就是因为这条鳄鱼，那些老太太们再也不敢把她们的小宠物狗送来看病了。农夫们也不相信鳄鱼不会吃掉他们送来看病的小羊羔和小牛犊。所以，医生只好对鳄鱼说，他必须回到马戏团去。于是，鳄鱼嚎啕大哭，眼泪大颗大颗地往下滴，苦苦哀求医生让他留下来，医生便不忍心赶他走了。

医生的妹妹跑来劝他说：“约翰，你必须把鳄鱼送走。现在那些农夫和老太太们都不敢把动物送来看病了。眼看我们的日子刚刚要好起来，现在又要彻底被毁掉。这是我们最后一根救命稻草了，如果你不把这条短吻鳄送走，我就再也不帮你做管家了。”

“他不是短吻鳄，”医生说道，“他是鳄鱼，长相有区别的。”

“我不管你怎么叫他，”他妹妹说，“但是在床底下发现他，真是太糟心了。所以，我不许他住在家里。”

“但是他答应过我，”医生回应道，“他绝对不会咬任何人和动物，他不喜欢马戏团，我也没钱送他回非洲老家。总的来说，他从来不惹是生非，也都规规矩矩的，别那么小题大做。”

“我告诉你，我决不允许他待在这儿，”莎拉说，“他连桌布都吃。如果你不立刻把他送走，我就——我就嫁人去！”

“好啊，”医生说，“那你就去嫁人吧，这也没办法。”然后，他摘下帽子，走到花园里去了。

于是，莎拉真的收拾行李离开了，只留下医生一个人和他的动物家人。

很快，杜立德医生就穷得不像样了。有那么多张嘴要吃东西，房子也需要照料，连个修修补补打下手的人手都没有，还有拖欠肉店的账单也没钱还清了。一切都很艰难，可是医生却一点都不担心。

“钱是个麻烦事儿，”他过去常说，“如果没人发明钱这种东西，也许我们会活得更好。只要活得开心，钱又有什么要紧！”

但是没过多久，连家里的动物们也开始感到焦虑了。一天晚上，医生在厨房火炉边的椅子上睡着了，动物们开始悄声讨论。猫头鹰图图擅长算术，他算了算，发现家里的钱只够再支撑一周，即使他们每人每天只吃一顿饭。

于是鹦鹉波利说：“我认为我们都应当承担起家务事，至少做些力所能及的工作。毕竟，老杜立德是因为我们才落得现在孤身一人、捉襟见肘的地步。”

所以大家最后达成共识：猴子奇奇负责做饭和修东西，小狗吉普负责拖地，小鸭达达负责整理床铺，还有猫头鹰图图负责管账，小猪嘎嘎来打理花园。鹦鹉波利年纪最老，所以大家让她做管家，以及负责洗衣服。

当然，刚开始的时候，除了猴子奇奇，他们所有人都发现新分配的工作做起来很困难，因为猴子奇奇有双手，可以像人类一样做事情，其他动物不行。但是，他们也很快就适应了。小狗吉普还在尾巴上绑了一块抹布当扫把，他扫地时候的样子真是让大家忍俊不禁。很快，他们就可以把家务做得很好了，医生不禁感叹说家里从来没有如此干净整洁过。

虽然这样一来，境况暂时还过得去，但没有钱，他们发现生活依然很艰难。

于是，动物们在花园门口摆了一个卖蔬菜鲜花的小摊，卖给路人萝卜和玫瑰花。

但他们似乎仍然无法赚够钱来支付所有的账单，这时候，医生却仍然毫不担心。有一天，鹦鹉波利去找他，说鱼贩不肯再给他们鱼了。他说："没关系，只要母鸡还可以下蛋，奶牛还可以产奶，我们就能做鸡蛋饼和乳制品，况且花园里还剩下很多蔬菜。冬天远着呢，不用小题大做。莎拉就是这个毛病，老是一惊一乍、斤斤计较。不过，真想知道莎拉现在怎么样了，她其实是个很棒的姑娘，至少在某些方面还不错。算了，算了，不提了！"

但是这个冬天比往年来得要早些，尽管瘸腿的老马从镇子外面的森林里拉来很多柴火，足够让他们在厨房里生火取暖，但是花园里大部分蔬菜都被吃光了，剩下的都埋在雪里了，动物们全都饥肠辘辘。

CHAPTER 04
来自非洲的消息

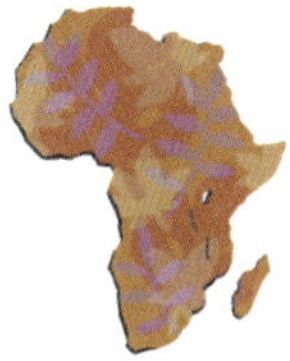

这个冬天尤其冷，在十二月的一个晚上，他们围坐在厨房温暖的炉火旁，医生正用动物语言给大家朗读他自己写的书。猫头鹰图图突然说，“嘘！外面好像有什么声音？”

大家都静悄悄地屏气听着，不一会儿，他们听到有个人正在朝屋子跑过来。接着门突然开了，猴子奇奇跑进来，上气不接下气。

“医生！”他喊道，“我刚刚收到我在非洲的表兄的消息，说他们那边猴群中出现了一种特别可怕的疾病。所有猴子都被感染了，成百上千的猴子正面临死亡。他们都听说过你，所以想恳求您前往非洲阻止这场疾病蔓延。”

“谁送的消息？”医生急切地问道，并把眼镜摘下来放在了书上。

“一只燕子，”奇奇说，“她就在外面的大酒桶上。”

“让她进来烤烤火，”医生说，“她一定冻僵了，燕子们六个星期前就飞去南方了！”

于是，燕子被带进来，蜷缩着身子不停颤抖。虽然她一开始还有点怯生生的，但是慢慢暖和过来之后，她就站在壁炉台边上开口说起话来。

听她说完后，医生回答道："如果可能，我很乐意去非洲，尤其是在现在这种糟糕的天气之下，但是恐怕我们的钱都不够买票。奇奇，帮我把钱箱拿来。"

猴子奇奇爬上碗柜，从最顶层把钱箱拿了出来。可是箱子里什么都没有，连一个便士都没有！

"我觉得之前肯定是有两便士的，"医生说。

"之前确实是有，"猫头鹰图图说，"但是獾宝宝长乳牙的时候，你买了一个拨浪鼓送给他，把钱花掉了。"

"是吗？"医生说，"哎呀，哎呀呀！钱可真是个讨厌的东西，毫无疑问！好吧，无所谓了。或许我去趟海边，没准能借到一条船出海去非洲。我认识一个水手，之前他的宝宝长麻疹的时候来找我看过病，我把那孩子治好了，也许他能把他的船借给我们用一用。"

第二天清早，医生就去了海边。他回家之后，告诉动物们一切都安排妥当，水手会把船借给他们。

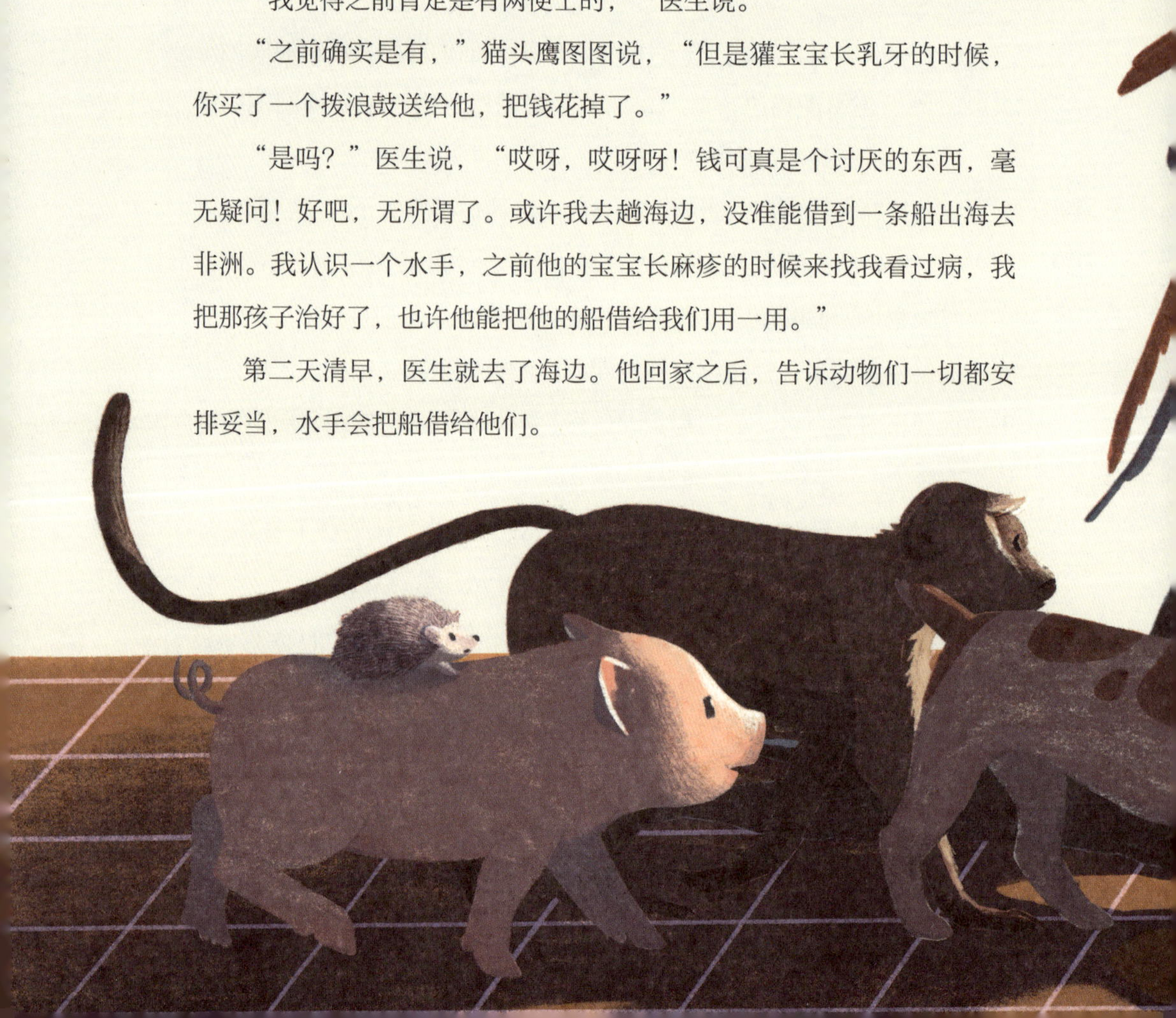

听到这个消息，鳄鱼、猴子和鹦鹉都开心极了，不禁唱起歌来，因为他们终于可以回非洲看看了，那里才是他们真正的家。

医生跟大家说道："我只能带上你们三个，还有小狗吉普、小鸭达达、小猪嘎嘎和猫头鹰图图。其他的，像睡鼠、水鼠和蝙蝠，他们都得回到他们出生的田里待段日子，直到我们回家。不过因为他们大都要冬眠，所以应该也不会介意。另外剩下的动物们去非洲也并不是太适宜。"

于是，有过长途航海经验的鹦鹉波利，开始给医生罗列需要带上船的必需品。

"一定要带上很多压缩饼干，"她说，"也就是人们说的'硬面包'，另外，必须要带些牛肉罐头，还有锚。"

"我估计船上该有锚吧。"医生说。

"好吧，那就去确认一下，"鹦鹉波利说，"因为非常重要，没有锚的话，就没办法停靠海岸。对了，另外，你还需要一个闹钟。"

"做什么用？"医生问道。

"用来报时，"鹦鹉波利说道，"在海上每半小时响一次铃，这样你就可以知道时间了。还有，多带些绳子，在航行途中迟早会用得到。"

接着，他们开始想从哪里能弄来钱去置办这些物品。

"唉，真头疼！又是钱，"医生嚷嚷着，"天哪！我真的非常期待到非洲去，那里可用不着钱这种东西！我去问问杂货店老板，可不可以等我回来再给他钱。哦，要不，还是让水手去问他好了。"

于是，水手去找了杂货店老板。不久，他就带着所有他们需要的东西回来了。

随后，一起出发的动物们开始打包行李。他们关掉水龙头，以防管道被冻住。拉起百叶窗，最后锁上门，把钥匙交给住在马厩里的老马。他们在确认好给老马过冬的干草已准备充足之后，就提着行李去了海边，准备登船出发。

卖猫粮的人在海边为他们送行，还带来了牛油布丁作为给医生的礼物。因为他听说，在国外吃不到牛油布丁。

刚一登船，小猪嘎嘎就问床在哪儿。因为已经下午四点了，他习惯在这时候打个盹儿。于是鹦鹉波利带他下楼去了船舱，告诉他床在哪里。那些床靠着墙，一个叠一个，像书架一样。

“什么？这根本不是床嘛！”小猪嘎嘎喊道，“这简直就是个架子！”

“船上的床都是这样的，”鹦鹉波利说，“真的不是架子，爬上去睡吧，这个就叫做‘床位’。”

“我觉得我还有点睡不着，”小猪嘎嘎说，“我太兴奋了，想上楼去看他们起航。”

“好吧，这确实也是你第一次旅行，”鹦鹉波利说，“不久你就会习惯这样的生活了。”然后她爬上楼梯，自己哼起了歌：

我曾见过黑海和红海；

我曾环绕白岛；

我曾发现黄河；

还发现了橙河
——在一个夜晚；
现在绿色之乡就在我的身后，
而我要驶向蔚蓝的海洋。
我已厌倦了这所有的色彩，简，
所以，我就要回到你身边。

他们正准备起航，医生突然想起他得回去问问水手去非洲的航线。这时，燕子告诉他，自己去过非洲大陆很多次了，可以给他们指路。于是，医生让猴子奇奇起锚，就这样，他们正式开启去往非洲的旅程。

CHAPTER 05
伟大的航程

如今他们在海上已经持续航行了整整六周。在这翻滚的海浪中，他们一路上跟随着飞在前方指路的燕子，到了晚上燕子会带上一个小灯笼，以免在黑夜中他们看不清她的身影，而经过的船只都以为那光亮一定是颗流星。

他们一路向南，天气也变得越来越热。鹦鹉波利、猴子奇奇，还有鳄鱼都很享受这无穷无尽炽热的大太阳。他们开心地在船上奔来跑去，时不时越过船舷瞭望远方，想看看是否已经接近非洲了。

但是小猪嘎嘎、小狗吉普和猫头鹰图图，在这么炎热的天气里却什么都做不了，只能瘫坐在船尾那只大木桶旁的阴凉里，耷拉着舌头喝着柠檬水。

小鸭达达则通常会跳进海里，跟在船后面游泳，这样才能让自己感觉凉快一些。偶尔，她觉得头顶实在太热了，她还会潜到船身下面，再从船的另一侧游出水面。因为来日方长，为了省下牛肉慢慢吃，因此每周二和周五，大家都会吃鱼，那么小鸭达达就会用同样的方式捕来些鲱鱼分给大家。

当他们靠近赤道的时候，他们遇到了一群飞鱼向他们迎面而来。飞鱼问鹦鹉波利，这是不是杜立德医生的船。鹦鹉波利点头说："没错，正是。"他们高兴极了，说道，非洲的猴子们甚至开始担心医生肯定不会来了。鹦鹉波利问飞鱼还有多少英里才能到达，飞鱼回答说，距离非洲海岸只有五十五英里了。

还有一次，一大群海豚在波涛里翻滚起舞，他们也问鹦鹉波利这是不是著名医生杜立德的船。当得到了肯定的答复后，他们便热心地询问医生在旅途中还有没有什么需要。

鹦鹉波利说："我们快没有洋葱了。"

"离这儿不远的地方有一座岛，"海豚们说，"那里的野洋葱长得又高又壮。你们继续往前走，我们可以过去取一些，再来追你们。"

于是，海豚们便掉头快速地向那座岛游去。很快，鹦鹉又看见他们从后面赶上来，穿过海浪拖着用海藻做成的大网，里面装满了洋葱。

第二天晚上，当太阳快要消失在海平面的时候，医生说："帮我把望远镜拿来，奇奇。我们的航行快要结束了，应该很快就能看见非洲海岸了。"

半个小时之后，他们隐约感觉到前方有什么东西出现，很可能是一片陆地。但是随着夜幕降临，光线越来越暗，他们又不太确定了。

突然间，天空电闪雷鸣，一场暴风雨席卷而来。狂风咆哮，暴雨如注，波涛汹涌，海水猛烈地拍打着他们的船只。

不一会儿，“砰”的一声巨响，船停了下来，向另一侧倾斜下去。

“发生了什么？”医生一边从船舱里匆忙爬上来，一边问。

“我不太确定，”鹦鹉波利说，“可能船被撞毁了，让小鸭达达去看看吧。”

于是，小鸭达达潜入汹涌的海浪中。当她游上来的时候，她告诉大家刚才撞上了一块礁石，船底撞出了个大洞，海水不断涌进船里，正在迅速下沉。

“我们一定撞上了非洲大陆，”医生说，“天哪，好吧！看来我们必须游到岸上去了！”

但是，猴子奇奇和小猪嘎嘎根本不会游泳。

“把绳子拿来！”鹦鹉波利说，“我说过总会用上的。小鸭达达在哪儿？过来，达达。你拉着绳子这头，然后飞到岸上去，把绳子拴在棕榈树上，我们在船上拉着绳子这一头，不会游泳的就顺着绳子爬到岸上去。这就是人们说的‘救生索’。”

终于，他们全都安全上岸了，有的是游过去的，有的是飞过去的。而那些顺着绳子爬过来的，还把医生的行李箱和手提包一起带了过来。

可是，由于船底撞了个大洞，所以船几乎报废了。很快，凶猛的海浪就把船卷到岩石上拍得粉碎，残骸也随着海水漂走了。

然后他们在悬崖高处找到一个干燥的洞穴，躲了进去，直到暴风雨停止。

第二天早上太阳升起的时候，他们从洞穴里出来，走到沙滩上，晒干身上的海水。

“我亲爱的，古老的非洲啊！”鹦鹉波利感叹道，“回来真好！要说，明天就是我从这里离开的第一百六十九年了！而这片地方竟然一点都没变！还是一样古老的棕榈树，一样古老的红土地，一样年长的黑蚂蚁！还是家乡好！”

说到这里，鹦鹉波利的眼里噙着泪水，能够再次回到家乡，她喜极而泣。

这时，医生想起了他那顶高高的礼帽，好像被那阵狂风暴雨刮到了海里。于是，小鸭达达飞到海面上去找，不一会儿，达达就远远地看到那顶帽子，像玩具船一样漂在水面上。

正当她飞过去准备把帽子衔起来时，发现帽子里面蜷缩着一只万分惊恐的小白鼠。

“你怎么在这里？”小鸭达达问道，“不是让你留在泥塘镇的嘛。”

“我不想被你们留在那儿，”小白鼠说，“我当时就想看看非洲是什么样的，我有亲戚在那儿。所以，我就藏在了行李箱里，和压缩饼干一起被带上了船。船往下沉的时候我害怕极了，因为我游不了太远，但我还是拼命游，不过很快就筋疲力尽了，我觉得我马上要沉下去了。结果就在那个时候，我看见了老先生的帽子漂过来，所以就爬了进去，我可不想被淹死。”

小鸭达达把帽子连同里面的小白鼠一起带回了海岸，交给医生。大家都围过来看。

“原来这就是人们说的‘偷渡者’。”鹦鹉波利说。

不一会儿，他们就在行李箱中给小白鼠找了个角落，让他可以坐在那里舒服地和大家一起旅行。

就在这时，猴子奇奇说：“嘘！我听见丛林里有脚步声！”大家立马都住口仔细听着。没过多久，一个浑身皮肤黝黑的人从树林里走了出来，问他们在这里做什么。

“我叫约翰·杜立德，是位医学博士，”医生说道，“我被邀请来非洲给生病的猴子看病。”

“我要把你们全都交给国王发落。”黑人说。

“什么国王？”医生问，他实在不想再浪费任何时间。

“奇丽金利的国王，”男人回答说，“这里所有的土地都属于他，所有的外来人员也都要交给他处理。跟我走。”

于是他们拿好所有行李，跟着他向丛林走去。

CHAPTER 06
鹦鹉波利与国王

在茂密的丛林中走了一小段路之后，他们来到一片视野开阔、干净敞亮的地界，见到了国王用泥巴砌成的宫殿。

这里住着国王和他的王后欧米特鲁德，以及他们的儿子邦波王子。王子外出去河边钓鲑鱼了，而国王和王后正闲坐在宫殿门前的遮阳伞下面，看样子王后似乎已经睡着了。

医生于是向他们走过去，国王问他此行的目的，随后医生向国王说明了来非洲的原因。

“我不允许你踏上我的国土，”国王说道，“多年前，有一个白人进入了我的海岸线，当时我对他非常友好。可是后来，他却掘地三尺，挖土淘金，还为了象牙，杀死了几乎所有大象。之后，他就偷偷坐船跑了，甚至连一句‘谢谢’都没有说。从那之后，任何一个白人都不允许踏上奇丽金利的国土。”

接着，国王转身命令身旁的几个人，“把这巫医和他的动物们统统带走，给我关到最坚固的牢房里。”六个人听令将医生和动物们带走，关进了石头砌的地牢。这地牢里只有一扇小小的窗户，开在高耸的墙壁上，窗上还装着铁栏杆，而且牢门非常坚固厚实。

大家都失落极了，小猪嘎嘎哭了起来。猴子奇奇受不了他那可怕的哭喊声，说如果他再不住嘴，就要打他屁股，小猪嘎嘎这才安静下来。

“我们大家都在这儿了吗？”在逐渐适应这里昏暗的灯光后，医生问道。

“我想是的。”小鸭达达说着，开始清点人数。

“鹦鹉波利在哪儿？”鳄鱼说，“她不在这儿。”

“你确定吗？”医生问，“仔细再看看。波利！波利尼西亚！你在哪儿？”

“我猜她逃走了，”鳄鱼嘟囔着，“哼，她本来就是这样的性格！在朋友遇到麻烦的时候，自己偷偷溜进树林里逃走。”

“我可不是那种鸟，”鹦鹉波利说着，从医生外套下摆的口袋里钻了出来。“你们知道，我体形够小，完全可以从窗户的铁栏杆中间飞出去。因为我担心他们发现的话会把我关进笼子里。所以，在国王忙着说话的时候，我就藏到医生的口袋里去了。所以，我就这么进来了，这叫‘策略’！”她说着，开始用嘴巴梳理起了自己的羽毛。

“我的天哪！”医生喊道，“我没坐到你身上，真算你幸运。”

“听我说，”鹦鹉波利说，“今晚天一黑，我就从窗户铁栏杆爬出去，飞到宫殿。然后，你们就瞧好吧，我很快就会有办法让国王把大家都放出去的。”

“哦？我倒是想瞧瞧你能做什么！”小猪嘎嘎说，翘起鼻子又哭了起来。“再怎么说，你不过也就是只鸟！”

“没错，”鹦鹉波利说，“但是别忘了，虽然我只是只鸟，但我可以像人一样说话啊，再说了，我非常了解那些当地人。”

于是到了夜里，当月光穿过棕榈树照在大地上时，国王的手下都睡着了。鹦鹉波利从牢房的铁栏杆中间偷偷溜了出去，朝宫殿飞去。恰巧宫殿餐室的窗户在上周被一个网球打碎了，所以，她才得以从窗户上的破洞飞了进去。

她听见邦波王子在宫殿后面的卧室里打着呼噜。她踮起脚尖上了楼，来到国王的卧室。她悄悄打开门，偷偷向里张望着。

这晚，王后去她的表亲家跳舞了，而国王已经在床上睡着了。鹦鹉波利悄悄地溜进去，钻到床下。然后，她咳嗽了一声，听起来就像杜立德医生平时咳嗽那样。要知道鹦鹉波利能够模仿任何人。

这时候，国王睁开眼，带着睡意说：“是你吗，欧米特鲁德？”(他以为王后从舞会回来了。)

接着鹦鹉波利又开始咳嗽，像男人一样发出洪亮的声音。国王立马坐起来，睡意全无，“是谁？”

“我是杜立德医生。”鹦鹉波利说道，听起来跟医生说话的感觉一模一样。

“你在我的卧室里干什么？”国王叫道，“你竟敢逃出牢房！你在哪儿？我看不见你。”

而鹦鹉波利只是发出爽朗悠长的大笑声，正如医生那样。

“不许笑！马上给我出来，让我看得到你。”国王说。

“愚蠢的国王！”鹦鹉波利回应道，“你难道忘了？你可是在跟世界上最了不起的人之一，医学博士约翰·杜立德说话。你当然看不见我，我隐身了。因为，我无所不能。现在你听好了：我今晚是过来警告你，如果你不让我和我的动物们从你的国土上经过，我就让你和你的子民们像猴子一样得病。要知道，我只需要动动我的手指头，就能让人身强体壮，当然了，也可以让人病魔缠身。请立刻叫你的士兵打开地牢的门，不然明早在太阳从奇丽金利山升起之前，我就让你得上腮腺炎。”

国王听完这番话，简直怕得要命，浑身颤抖。

“医生，”他哭喊着说，“我这就按你的吩咐办。求你不要动你的手指头！”说着他跳下床，跑去叫士兵打开牢门。

他一走，鹦鹉波利立马蹑手蹑脚地下了楼，从餐室的窗户飞出了宫殿。

然而，就在这时，王后正拿着门钥匙从后门进来，刚好看见这只鹦鹉从破洞的窗户飞了出去。等到国王回来睡觉的时候，她就告诉了国王刚看到的情景。国王这才意识到他被骗了，于是大发雷霆，立马赶到了地牢。

但一切都已经来不及了，牢门大敞着，里面空无一人，杜立德医生和他的动物们全都逃走了。

CHAPTER 07
猴桥

欧米特鲁德王后从来没有见过她丈夫像那天晚上般愤怒和恐怖。他咬牙切齿，怒不可遏，见人就骂。他把牙刷扔到那只宫廷猫身上，他穿着睡衣东奔西跑，并叫醒所有的士兵，派他们去森林把医生抓回来。他甚至还把所有的仆人都派去了，包括他的厨师、园丁、理发师，还有邦波王子的家庭教师。就连王后，也被打发去帮助士兵们一起搜寻，尽管她已经筋疲力尽，因为她穿了双勒脚的鞋子跳了一晚上舞。

与此同时，医生和他的动物们在森林中狂奔，拼尽全力向猴岛跑去。

小猪嘎嘎腿太短，没过多久就跑累了，于是医生只能抱着他跑，同时他还得提着行李箱和手提包，所以，医生跑得更加困难了。

奇丽金利国王还以为他的军队能够轻而易举地找到医生他们，因为对于医生来说，这是一片完全陌生的土地，根本不认路。但是他想错了，因为猴子奇奇对森林里的每一条路都了如指掌，甚至比国王的手下还要了解。猴子奇奇带领医生和动物们进入森林最深处，来到了一个从未有人到过的地方，然后让大家藏到两块巨石中间的一棵大空心树里。

“我们最好就等在这里，”猴子奇奇说，“等那些士兵都回去睡觉了，之后我们再继续往猴岛赶路。”

于是他们在空心树里待了整整一宿。

他们还不时听到国王的手下在森林里四处搜寻和交谈的声音。但是他们非常安全，因为没人知道猴子奇奇找的这个藏身之处，哪怕其他的猴子也不知道。

终于，当日光穿透茂密的树叶时，他们听到欧米特鲁德王后疲惫不堪的声音，说再找下去也无济于事，还是回去睡会儿吧。

士兵们刚一撤走，猴子奇奇立马带领医生和动物们走出藏身之处，动身前往猴岛。

这真是一段异常遥远的路途，他们疲惫不堪，尤其是小猪嘎嘎。不过只要他一哭，他们就会拿来他最喜欢喝的椰奶。

这一路大家总是吃喝不愁，因为猴子奇奇和鹦鹉波利了解生长在森林中的每一种水果和蔬菜，也知道在哪能找到食物，比如，枣椰、无花果、落花生、姜和甘薯。他们常常用野橙子的汁做成柠檬水，再加入些从空心树上的蜂巢里取来的甜蜂蜜。无论他们想要什么，猴子奇奇和鹦鹉波利似乎总能够找到，或者至少能找来替代品。等医生抽完了他带来的所有烟草后，他们甚至还给他弄来了一些新的。

晚上，他们睡在用棕榈叶搭成的帐篷里，躺在用干草做成的厚实又柔软的床上。不久，他们就习惯了长途跋涉，也不那么容易累了，甚至喜欢上了这种旅途生活。

不过，每当夜幕降临，能驻足休息的时候，他们还是非常开心的。医生常常会用树枝生起一小堆火。吃过晚饭后，他们围坐成一圈，听鹦鹉波利唱着关于海洋的歌儿，或者听猴子奇奇讲大森林的故事。

猴子奇奇的好多故事都非常有趣。尽管猴子们没有任何关于自己的历史书，但是他们通过将发生的事情编成故事讲给自己的孩子们，以此来保留他们自己的历史故事，而杜立德医生则是第一个把猴子们的故事记录成书的人。猴子奇奇讲了很多祖母告诉他的故事，发生在很久很久以前，甚至比诺亚方舟还要古老，那时人们还穿着熊皮，住在岩洞里，吃着生的羊肉，因为他们还不会烹饪，也从未见过火。猴子奇奇还跟他们讲身形巨大的猛犸象，还有像火车那么长的大蜥蜴。那时的大蜥蜴们经常在山上游荡，大口吞食着树顶上的叶子。动物们听得入了迷，常常在故事已经结束很久他们才发觉火早就熄灭了，然后再赶紧去找树枝重新生火。

此时，国王的军队已经回去复命并告诉国王并没有找到医生，国王又一次把他们派出去，并且下令说他们必须在森林里严加守候，直到抓到医生为止。所以，当医生和动物们都以为已经脱离险境，朝着猴岛行进的时候，国王的部下仍然在丛林中搜寻他们的踪迹。如果猴子奇奇知道这个情况，他一定会再次把大家藏起来，然而他并不知道。

一天，猴子奇奇爬上高大的岩石，越过树梢向远处眺望。他跳下来告诉大家，离猴岛已经很近了，应该很快就能到。

这天晚上，他们果然见到了猴子奇奇的堂兄以及许多还没染上疾病的猴子。他们蹲坐在沼泽地旁边的树上，一边眺望一边等待着医生一行的到来。当看到这位著名的医生真的来了，他们都欢呼雀跃起来，发出巨大的声响，挥舞着树叶，从树枝之间荡出来迎接他。

猴子们想要替他拿手提包，搬行李箱，拿所有的物件。他们中最大的一只猴子甚至还抱起了小猪嘎嘎，因为这位小猪又开始累了。还有两只猴子冲在最前面，抓紧时间去通报那些生病的猴子们，名医杜立德终于来了。

然而，一直尾随其后的国王士兵，听到了猴子们的欢呼声，知道了医生的方位，便急忙赶来抓他。

抱着小猪嘎嘎的大猴子走得慢，落在后面，他看见了国王的卫队长偷偷摸摸地穿过树林。于是他赶紧追上医生，叫他快跑。

接着大家都拼命跑了起来，国王的手下，跟在他们后面，也跑了起来，其中卫队长跑得最快。

突然，医生被他的医药包绊倒，摔在了泥里。卫队长想，这下他肯定能抓到医生了。

然而，卫队长耳朵很长（虽然他的头发很短）。因此，当他跳上去抓医生的时候，一只耳朵挂在了树枝上，导致其他士兵不得不停下来去帮他。

医生趁这个机会赶忙爬了起来，继续往前跑，跑着跑着，猴子奇奇大喊：“好了，好了！我们就要到了！”

但是，就在他们即将进入猴岛时，一道悬崖阻挡住了他们的去路，悬崖下是湍急的河流，这里就是奇丽金利王国的边界了。而河流那边，就是猴岛。

小狗吉普从陡峭的悬崖边往下看，惊叫道：“天哪！这要怎么过去？”

“糟了！”小猪嘎嘎说，“国王的部下离我们越来越近了！快看！他们过来了！这下我们肯定要被抓回地牢去了。”说着，他就哭了起来。

这时，背着小猪嘎嘎的大猴子把他放了下来，对其他猴子喊道：“小伙子们——桥！快！搭桥！我们只有一分钟的时间了。那个卫队长快得像只鹿一样，马上就要追上来了。快行动起来啊！桥！桥！”

医生纳闷他们要用什么搭座桥，于是他看看四周，心想他们是不是在什么地方藏了木板之类的东西。

正当他转头再看悬崖的时候，一座连接着悬崖两岸的桥已经为他们搭建好了，这可是用活生生的猴子搭成的！就在他转身的一会儿工夫里，猴子们闪电一般，手脚相接，用自己的身体搭成了一座桥。

这时，大猴子向医生喊道：“走过来！快过桥，你们所有人！快点！”

然而小猪嘎嘎有些害怕，桥那么窄，悬崖又那么高，湍急的河流就在眼皮底下。不过，最终他还是安然无恙地过去了。

在大家都平安通过后，约翰·杜立德是最后一个过来的。他刚走到对岸，国王的手下就冲到了悬崖边。他们挥舞着拳头，愤怒地大喊大叫，因为他们来得太晚了。医生和动物们都安全抵达了猴岛，“桥”也从对岸被拉了回去。

猴子奇奇转身对医生说：“你知道吗？很多大探险家和那些胡子花白的博物学家会躲藏在丛林中好几个星期，就是为了能亲眼看到一次这样的景象。但是我们从来没让一个白人见识过，你可是他们中第一个见到传说中的著名的‘猴桥’的。”

医生听了这话感到非常开心。

CHAPTER 08
狮子王

约翰·杜立德忙得不可开交。他发现有成千上万只猴子都生了病——有大猩猩、红毛猩猩、黑猩猩、犬面狒狒、狨猴、灰毛猴、红毛猴——各种各样的猴子，而且有些已经病死了。

他做的第一件事就是把生病的猴子和健康的猴子隔离开。然后让猴子奇奇和奇奇表兄帮他搭了一间小草房。接下来，他让所有健康的猴子过来打预防针。

接下来的三天三夜里，来自密林中、山谷里、山丘上的猴子们都络绎不绝地来到小草房。医生坐在那里日夜不休，不停地打针。

然后，他有了一间更大的房子，里面放着很多床。他将那些生病的猴子安顿了进去。

可是，病倒的实在太多了，根本没有那么多健康的猴子能够做护理工作。于是，他给其他动物捎了信儿，比如狮子、豹子和羚羊，请他们过来帮忙护理。

但狮子王是一个非常傲慢的家伙，当他来到医生那放满了病床的大房子时，怒气冲冲的，一脸的不屑，“你竟敢要求我？先生！”他怒视着医生说道，“你竟敢要求我——一位万兽之王，来伺候一群脏猴子？哼！把他们当零食吃我都嫌弃！”

尽管狮子王看起来很吓人，但是医生尽量不表现出任何惧怕。

“我不是喊你来吃他们的，”他平静地说，“另外，他们并不脏。他们今早都洗过澡了。你的外套倒是看起来需要刷一刷，非常需要。听着，你要知道，有一天狮子可能也会生病。如果你现在不帮助其他动物，那么，哪天狮子遭遇麻烦的时候，就会孤立无援，这种事在骄傲的人身上时有发生。”

“狮子从来不会遇到麻烦——他们只制造麻烦。”说着，狮子王高高地抬起下巴，昂首阔步地走进丛林，他感觉自己聪明极了。

还有豹子，他们也是群非常骄傲的家伙，同样拒绝帮忙。当然，羚羊们尽管很害羞又胆小，并不敢像狮子那样粗鲁地对待医生，但他们用蹄子不停地刨着地，愚蠢地笑笑，说他们从来没有做过护理工作。

现在，可怜的杜立德医生急得要发疯了，思考着如何才能获得足够的人手，来帮忙照顾成千上万躺在病床上的猴子们。

再说到那狮子王，当他一回到洞穴，迎面看到他的妻子——狮子王后头发凌乱地、惊慌地跑了过来。

“咱们家有只小狮子不肯吃东西，”她说道，“我实在不知道拿他怎么办才好。从昨晚开始，他就没有吃下任何东西。”

说着说着她就浑身颤抖地哭了起来，感觉焦虑不安。看得出她不仅仅是一头母狮子，还是一位好妈妈。

狮子王走进去，看到自己的那两个可爱的孩子，正躺在地上，其中一个看起来病得不轻。

接着，狮子王就转身对妻子得意洋洋地把他对医生说的话复述了一遍。狮后一听，气得差点把狮王赶出洞穴。“你从来都不带脑子！”她尖叫起来，“从这里一直到印度洋，所有的动物都在说这个医生有多么神奇，说他包治百病，说他无比和善，说他是全世界唯一能说动物语言的人！可是现在呢，就在咱们孩子生病的时候，你竟然还跑去冒犯了他！好一个蠢货！笨蛋才会对一个这么好的医生如此无理！那个人就是你！”说着，她气冲冲地冲上去开始撕扯她丈夫的毛发。

“立马回去找医生！”她吼道，“向他道歉！带上其他所有没脑子的狮子和你一起去，还有那些愚蠢的豹子和羚羊。都照着医生的吩咐去做，就像仆人们一样任劳任怨地认真做事，听到没有？这样的话，说不定他能发发善心来看看咱们的孩子。现在就去啊！快点儿！我告诉你，你根本就不配做个父亲！”

说罢，她转身进了隔壁的洞穴，那里住着另一头母狮子，狮后就把这些事情也告诉了她。

于是，狮王回到了医生那里，说道：“我碰巧经过这里，就再过来看看。找到帮手了吗？”

“还没有，”医生说，“我都快急死了。”

“这年头可不好找帮手啊，”狮王说，“动物们好像都不太情愿干活。你也别责怪他们。不管怎样……好吧，看你这么困难，我倒也不介意做点力所能及的事，来给你帮个忙。但是你要知道，我绝不会给那些家伙洗澡的。我也叫了其他的狩猎动物来帮忙。豹子们应该就快到了……哦，顺便提一句，我们家孩子生病了，我自己倒是觉得没什么大不了的，但我太太非常担心。如果你晚上路过的话，能不能来给瞧瞧？”

这可把医生高兴坏了，因为接下来几乎所有的狮子、豹子、羚羊、长颈鹿以及斑马，还有丛林中、深山里和草原上的动物们都跑来帮忙了。甚至由于来帮忙的动物实在太多，他还送走了不少，只留下最聪明的那些。

很快，猴子们的病情逐渐好起来了。一周后，摆满了病床的大房子已经空了一半。到第二周结束的时候，最后一只生病的猴子也痊愈了。

于是，医生的工作也终于完成了，他累得精疲力竭，躺在床上睡了整整三天，甚至连身子都没有翻一下。

CHAPTER 09
猴子的会议

猴子奇奇守在医生门外，不让任何动物去打扰他睡觉。后来，当杜立德医生醒来后，便告诉猴子们，他准备要回泥塘镇了。

猴子们对此非常吃惊，他们还以为医生会和他们永远待在一起。这天晚上，所有的猴子聚集在丛林里，商议这件事儿。

黑猩猩首领站起来说：“为什么杜立德医生要走呢？难道他和我们在一起不开心吗？”

但没有人能够回答他。

接着，大猩猩站起来说：“我看我们应该去找医生，请他留下来。我们给他造一座新房子，搭一张更大的床，给他很多猴子做帮手，帮他做事，保证他可以生活得舒舒服服，他也许就不愿意走了呢。”

这时猴子奇奇站起身来，其他的猴子们都小声说：“嘘！快瞧！大旅行家奇奇要讲话了！”

奇奇对其他猴子说：“我的朋友们，恐怕你们挽留也没用。他在泥塘镇欠了钱，所以他说必须回去还钱。”

猴子们问他：“钱是什么？”

奇奇告诉他们，在人类世界，没有钱就什么都得不到，什么都做不了，简直寸步难行。接着，一些猴子又问道：“那么，如果不付钱连饭都没得吃，水都没得喝吗？”奇奇点了点头，并告诉他们，他曾经跟一个表演风琴的街头艺人在一起的时候，那人甚至要求奇奇伸手向小孩子要钱。

黑猩猩首领转身对年纪最长的猩猩说：“表兄，那些人类肯定是怪物！谁会愿意生活在那样的地方啊？我的天哪，真是卑鄙！”

奇奇又说：“我们准备来找你们的时候，没有远航用的船，也没有钱买路上吃的食物，所以有个人借给我们一些饼干。我们答应过，一回去就把钱付给他。我们还从一位水手那儿借了一艘船，但就在抵达非洲海岸的时候碰上礁石撞毁了。所以，医生说他一定要回去，要再给那个水手一条新船。水手是个穷苦的人，那艘船就是他全部身家了。”

一时间，猴子们全都不说话了，安静地一动不动地坐在地上，冥思苦想。

最后，个子最大的狒狒站起来说道：“我认为我们不应该让这么个好人空手而归。我们得找到一份特别好的礼物让他带走，要让他知道，我们对他所做的一切感激不尽。”

一只体形娇小的红毛猴坐在高高的树梢上冲着大家喊道：“我也这么认为！”

随即，大家纷纷大声嚷嚷道：“对，对。我们要送他一份人类从没有过的最棒的礼物！”

接着他们开始琢磨着，互相讨论着，什么才是最好的礼物。一只猴子说，“五十袋椰子！”另一个说，“一百只香蕉！至少在那个需要付钱才能吃东西的地方，他再也不用买水果了！”

但是奇奇告诉他们说，这些东西太沉了，带不了那么远，而且这么多，吃不到一半，剩下的就都会烂掉。

“如果你们想让他开心，”他说，“就送给他一只动物吧。你们放心，他一定会善待动物的。那么，就送他一只动物园里没有的珍稀动物吧。”

猴子们又问道：“动物园是什么？”

于是奇奇给他们解释了在人类的世界里，动物园就是将动物关在笼子里面，让人类去参观的地方。

猴子们听了非常震惊，纷纷说道：“那些人类就像是没有思想的小屁孩一样，愚蠢又可笑。嘘！别说了！他的意思是牢房吧。”

于是，他们又问奇奇应该给医生什么样的珍稀动物，才是人类从来没见过的。狨猴长老问：“他们那儿有鬣蜥蜴吗？”

奇奇回答：“有的，伦敦动物园有一只。”

另一只猴子又问道：“他们有霍加狓吗？”

奇奇回答说：“有的。在比利时，有一个叫做安特卫普的大城市，那儿有一只霍加狓，那个拉风琴的家伙五年前就带我去过。”

又有一只猴子问道：“那他们有‘推来搡去’吗？”

这回奇奇回答说：“这个真没有！从没有非洲以外的人见过‘推来搡去’，那我们就送他这个。”

CHAPTER 10
最珍稀的动物

如今，推来搡去已经灭绝了，也就是说，地球上再也没有这种动物了。但是在很久以前，杜立德医生的时代，仍然还存活着为数不多的几只推来搡去，他们生活在非洲丛林的最深处，那时已经是稀有动物了。他们没有尾巴，身体两端各有一个头，每个头上还有锋利的犄角。他们非常害羞，而且难以捕捉。非洲人在捕猎的时候，会趁动物们没注意，从背后伺机接近他们。对于绝大多数动物，这招是很管用的。但是对于推来搡去，这么做可就毫无意义了——因为不论从他们的哪个方向靠近，他们都可以“面对”着你。而且，每当他们休息的时候，也都只有一半在睡，另一半总是警醒着的。这就是为什么他们从没有被抓到过，也没有人类在动物园里见过的原因。尽管很多技术高超的猎人和机灵的动物园管理人员在丛林中不停地穿行搜寻他们的踪迹，人类不分季节，不分昼夜，遭受着风吹日晒，耗费了数年时光，却依然没抓住过一只推来搡去。即便是在那么多年前，他们也只是世界上唯一一种双头动物。

这时，猴子们已经出发去森林里猎捕推来搡去。走了好长的路之后，其中一只猴子在河边发现了一个独特的脚印。他们知道，一定有只推来搡去就在附近。

他们开始沿着河岸搜寻，走了一小段之后，出现了一片

又高又密的草丛，猴子们认定推来搡去一定在这里。

大家手拉着手连成圈，把这片草地围住了。推来搡去发觉了猴子们的行动，拼命想冲出包围圈，但是并没有成功。当他发现这种努力毫无意义时，便干脆坐在那里，等着看猴子们到底想做什么。

猴子们问他是否愿意跟杜立德医生走，也让非洲以外的人类见识一下推来搡去的庐山真面目。他用力摇着两个头说：“当然不愿意啦！”

于是，猴子们解释说，他不会被关在动物园里，只是让人类见识一下。还告诉他，医生是个多么好的人，只是没什么钱。如果人们愿意付钱去看有两个脑袋的动物，医生就能富裕起来，还能付清来非洲时借的债务，包括那艘船。

可是他回答道：“不行，不行。你们知道我有多害羞，我讨厌被盯着看。”说着说着，他都快哭出来了。

于是，在接下来的几天里，猴子们一直试图说服他。终于到第三天的时候，他答应会跟猴子们走，先去看看医生是个什么样的人。

所以，猴子们就带着推来搡去上路了。他们来到医生住的小草房跟前，敲了敲门。

正在打包行李箱的小鸭达达说：“请进！”猴子奇奇骄傲地把这只动物带进里屋给医生看。

“这是什么？”杜立德问道，盯着这只奇怪的生物。

“天哪，他长着两个头！”小鸭达达喊出声来，“那他平常是怎么拿主意的呢？”

“我觉得他根本就没什么主意。”小狗吉普说道。

“医生，”猴子奇奇说，“这就是推来搡去，他是非洲丛林里最珍稀的动物，也是世界上唯一的双头兽！把他带回家吧，能赚很多钱。因为人们为了看他，多少钱都会愿意付的。”

“但是我不需要钱。”医生说。

“不，你需要，”小鸭达达说，“你难道忘了在泥塘镇的时候，我们是怎样省吃俭用才能付得起肉铺的钱？而且你口口声声说要给水手弄一条新船，怎么办得到呢？除非我们有钱买呀！”

“我打算给他造一条。”医生说。

“天哪！求你理智一点吧！”小鸭达达喊道，“那你又要从哪里弄造船的木头和钉子呢？还有，我们靠什么生活呢？我们回去之后会比之前的日子更穷苦。奇奇说得太对了——带上这只滑稽的家伙一起走！就这么办！”

“好吧，也许你说的有些在理，”医生低声说，“他当然是个很好的新宠物。但是这只——呃，不管你们怎么称呼他——他真的愿意去远离自己家乡的其他国家吗？”

“嗯，我愿意去。”推来搡去回答道。因为他第一眼看到医生的时候，就觉得医生是个值得信任的人。“你对这里的动物们那么友善，猴子们也说我是唯一可以用来报答你的礼物。但是请你必须向我保证，如果我不喜欢人类世界，你必须送我回来。”

“那当然了，肯定的。”医生说，“不过，你明显和鹿有什么关系，对吧？”

“是的，”推来搡去说，“我妈妈这边跟埃塞俄比亚瞪羚羊还有亚洲岩羚羊有血缘关系，另外，我爸爸的曾祖父是最后一只独角兽。”

“真是太有意思了！”医生低声说道，接着他从小鸭达达正在收拾的行李箱中取出一本书翻起来。“让我们来看看布丰[1]有没有提到过什么……”

“我发现，”小鸭达达说道，“你只能用一张嘴说话，那么另一边的那张嘴是不能说话的吗？”

“哦，是的，”推来搡去说道，“不过，大多数的时候我是用另一张嘴吃饭。这样我就能够一边吃饭一边说话，而又不会显得太粗俗。我们这个族群总是很礼貌的。”

当所有的行李都打包完毕，一切就绪的时候，猴子们给医生办了一场盛大的聚会，丛林里所有动物都来了。聚会上有菠萝、芒果、蜂蜜，还有各种各样好吃的好喝的。

大家吃饱喝足之后，医生站起来说道：“我亲爱的朋友们，我非常不擅长吃完饭后说很多话，不像某些人，而且我刚刚还吃了很多水果和蜂蜜。但是我希望能够让你们知道，由于马上就要离开你们这美丽的国土，我真的感到很难过。可我必须要离开，在人类世界里，我还有许多未竟之事。我走以后，一定要记得，苍蝇落过的食物不可以吃，快要下雨的时候不要睡在地上。我……呃……我希望你们从此以后一直快乐地

1 布丰（1707–1780）：法国博物学家、作家。

生活下去。”

医生说完后就坐下了，所有猴子们都鼓起掌来，掌声久久不息。他们交头接耳，说：“就让这一刻永远铭记在我们心中，这一刻杜立德就坐在这里，这些树下，和我们一起共进晚餐。毫无疑问，他是最伟大的人！”

这时，有一只大黑猩猩，力气如同七匹马似的推来了一块巨大的岩石，立在桌子的一端，说道：“这块石头将会一直立在这里，铭记此时此地。”

直到今天，在丛林的心腹之地，这块石头依然立在那里。所有的猴子妈妈们，带着她们的家人从森林中穿梭而过时，都会拨开枝繁叶茂的树杈，指着下面的那块石头给孩子们看，还会轻声说：“嘘！你们看，就在那儿，在那个大病之年，那个伟大的医生就坐在那里，和我们一起吃饭。”

聚会结束后，医生和他的动物们就启程去了海岸。所有的猴子都一路追随，提着他的行李箱和手提包，为他送行，一直跟到猴岛的边界。 他们在河边停下脚步，向彼此告别。

由于成千上万的猴子都想单独和约翰·杜立德医生握握手，所以花了很长时间。等到只剩下医生和他的动物们的时候，鹦鹉波利说：“我们必须轻手轻脚地穿过奇丽金利的国土，千万不要大声说话。如果国王发现我们，他一定又会派士兵来抓我们。我敢说他现在一定还在为我戏弄他的事而气急败坏。”

“我在想，”医生说道，“我们去哪儿弄一条船回家呢……好吧，也许我们可以找到一条停在沙滩上没人用的船……”

有一天，他们正穿过一片茂密的森林，猴子奇奇走在最前面找椰子。医生和其他动物们，谁都不认得丛林里的小道，于是他们在茂密的丛林中迷路了。他们走了一圈又一圈，但始终无法找到通往海岸的路。

当猴子奇奇发现怎么都找不到大家的时候，他开始焦虑不安起来。他爬到很高的树上，从最顶端的树冠往下看，想要找到医生那标志性的高礼帽。他挥舞着双臂，大声叫喊着每一个动物的名字。但是一切都无济于事，似乎他们一下子全都消失了。

事实上，医生他们完全摸不清方向了，而且离正确的路越来越远。雨林中灌木丛生，匍匐的植物和藤蔓长得密密匝匝，有时简直寸步难行。医生不得不拿出他的折叠刀开路。他们被绊倒，摔进湿漉漉的像沼泽一样的烂泥里，被茂密的旋花植物缠绕着，还被荆棘弄得浑身是伤。有两次甚至差点在灌木丛里弄丢了医药箱。麻烦似乎没完没了，仿佛根本就没有出路。

后来，他们就这么跌跌撞撞地走了许多天，衣服被刮破了，脸上也满是泥巴。他们竟然误打误撞找到了海岸附近的猴子奇奇。奇奇带领大家前往海岸边，刚好发现一艘停在岸边的船，兴许是奇丽金利国王家的弃船。

推来搡去、白老鼠、小猪嘎嘎、小鸭达达、小狗吉普、猫头鹰图图和医生一起上了船。而猴子奇奇、鹦鹉波利和鳄鱼就此留下，因为非洲是他们生长的地方，也是最适合他们的地方。

医生站在船上望着水面，他突然想起没有人能够给他们指引回泥塘镇的路。

这辽阔的海面在月光下看起来极其宽广，而且杳无人烟。他开始担心，当地平线消失的时候，是不是就要迷路了。

医生沉浸在自己的顾虑之中，突然动物们听到奇怪的细语声从夜空中传来。他们甚至都忘记互相道别，专心听着。

这声音越来越响亮，感觉离他们越来越近了，像是秋风吹过白杨树叶的声音，又像是大雨敲打在屋顶上的声音。

小狗吉普伸着鼻子，竖着尾巴，说："鸟！——成千上万的鸟——飞得很快，就是这声音！"

于是他们全都向上看去。月亮表面仿佛划过一条溪流，这溪流似乎是由一大群蚂蚁组成，但那是成千上万只小鸟。很快，鸟儿布满整个天空，而且越来越多，甚至遮蔽了整个月亮，四下里不透一点光亮。海面也越来越暗，就像暴风雨之前乌云蔽日一般。

很快，所有的小鸟都一起飞下来，划过水面和陆地，夜空重归明朗，月亮恢复了光亮。他们没有发出任何声音，没有呼喊、叫声或是歌声——只有比之前更响亮的羽毛摩擦的沙沙声。他们落在沙滩上、船缆上，以及树木以外的任何地方。医生这才看清楚他们蓝色的翅膀、白色的胸脯，还有毛茸茸的短腿。当他们都找到落脚的地方之后，突然四下里都安静了，周围悄无声响，一切纹丝不动。

在寂静的月光下，约翰·杜立德说："没想到，我们会在非洲度过这么长时间。等到我们到家时就已经快要是夏天了，瞧这些往回飞的燕子。燕子们，我感谢你们等着我们，你们真的非常体贴。现在，我们不需要担心会在海上迷路了……拉锚，我们起航！”

在船渐渐驶入海里的时候，留在岸上的猴子奇奇、鹦鹉波利还有鳄鱼都感到十分悲伤。他们这一生中，再也不会结交任何一个像这位来自泥塘镇的约翰·杜立德医生那样受大家爱戴的人了。

他们一遍又一遍地道别，站立在岩石上，伤心地痛哭，不停地挥舞着双臂，直到船消失在视野中。

CHAPTER 11
红帆与蓝翼

在航行回家的路上，医生的船必须途经巴巴里海岸，就是所谓的大沙漠海岸，那里荒凉、偏僻，满是砂石，而且正是巴巴里海盗生活的地方。

这些海盗，都是些恶棍。他们经常在海岸边等着船只触礁。有时，如果他们发现有船经过，就会乘着他们的极速帆船去追击。当他们追上之后，就会上船，将所有东西洗劫一空；等他们把所有人都赶下船之后，就将船只沉到海里，然后唱着歌起航回到巴巴里，还为自己的恶行洋洋得意。之后，他们通常会让这些被抓的人给自己的朋友写信要钱。如果没人送钱，海盗们就会把抓来的人扔进海里。

那是一个晴朗的好天气，医生和小鸭达达在船上来回走动着做运动。一阵清新的微风吹来，大家都很愉快。这时小鸭达达看见另一艘船的船帆出现在了他们身后很远的海岸线边，那是一面红色的帆。

“我不太喜欢那样子的帆，”小鸭达达说，“我有预感，那艘船应该不会太友好。恐怕我们有麻烦了。”

这时，就在旁边晒太阳打盹的小狗吉普开始低声吼叫，还说着梦话。

“我闻到烤牛肉的味道，”他咕哝道，“上面还有棕色肉汁，还没有烤熟。”

“好家伙！”医生喊道，“这狗怎么了？他在梦里还能闻到味道？——还一边说话？”

“我想是的，”小鸭达达说，“所有的狗都可以在睡梦中闻到味道。”

“但是他闻到的是什么呢？”医生问道，“我们船上没有在烤牛肉啊。”

“不，”小鸭达达说，“一定是那艘船上在烤牛肉。”

“可是那有十英里远，”医生说道，“他不可能那么远都闻得到！”

“不，他可以的，”小鸭达达说，“不信你问他。”

这时小狗吉普还在睡，又开始吼叫起来，嘴唇气呼呼地卷了起来，露出洁白的牙齿。

“我闻到了坏人的味道，”他嘟囔着，“这是我闻到过的最坏的人，我还闻到麻烦，闻到六个人在打架——六个流氓对打一个勇敢的人。我想过去帮他。汪——呜——汪！”他大吼一声，惊醒了自己，还带着一脸的吃惊。

“瞧！”小鸭达达喊道，“船已经越来越近了。你看，有三面帆，全是红色的。无论他们是谁，肯定在跟踪我们……我想知道他们是谁。”

“他们是坏水手，”小狗吉普说道，“他们船很快，肯定是巴巴里的海盗。”

“来吧，我们得再起几面船帆，”医生说道，“这样才能更快一些，才能摆脱他们。吉普，下楼去把你见到的所有船帆都给我拿过来。”

小狗吉普急忙冲下楼，把所有他能找到的帆都拖过来了。但即使全部都挂到了桅杆上，顺风而行，他们的船速依然远远不如海盗船，眼看身后的海盗船渐渐逼近他们。

“这真是条破船，”小猪嘎嘎说，“我猜这大概是最慢的船了吧！坐这艘破船想摆脱他们，还没有坐着汤碗参加航海比赛赢的希望大。看看！他们现在已经多接近了！一共有六个人，他们脸上的胡子碴都看得清了！我们该怎么办啊？”

医生让小鸭达达飞上前去告诉燕子们，有一艘快船正在追他们，问问燕子们他应该怎么办。

燕子们得知这个情况后，都飞到了医生的船上。他们让医生解开一些长绳，并且尽快把绳子分拆成多股细线，然后把这些细线的一端系在船头，另一端绑在自己的脚上。

就这样，燕子们脚绑着细线飞在船前面，拉着船。虽然，有一两只燕子很瘦弱，但许多许多的燕子合在一起可就不一样了。于是，上千条细线绑在医生的船头；每根线上都有两千只燕子在用力拽着，他们可都是飞行健将。

突然，医生发现船开始全速前进，他还不得不用两只手一起扶稳帽子。他觉得，这艘船仿佛在这翻滚着泡沫的海浪中飞腾了起来。

船上所有的动物都在疾风中笑着，跳着。他们再转身看到海盗船，发现它已经变得越来越小，而不是越来越大了。于是，那红色的帆被远远地落在后面，越来越远。

CHAPTER 12
老鼠的警告

拖着一条帆船在海上行驶是非常辛苦的，两三个小时后，燕子们开始呼吸急促，体力不支。他们给医生捎了口信说，过一会儿需要休息一下，并且会把船拉到不远处的一座小岛，在一个深水湾里隐藏起来，等他们缓过气来就能继续前行。

很快，医生就看到了燕子们说的那个小岛。小岛中间有一座十分美丽、葱葱郁郁的高山。

船安全地进入了海湾，从远处空旷的海域看过来已完全不见踪影。医生说他要下船去岛上找水源——因为船上已经没水喝了。他让动物们也下船，在草地上走一走，舒展舒展腿脚。

就在动物们下船的时候，医生发现有一大群老鼠从船舱里爬了上来，也离开了船。小狗吉普立马就来追赶他们，追老鼠可是他最喜欢的游戏了，但还是被医生制止了。

这时，一只黑色的大老鼠看起来似乎有话要对医生说。他羞怯地沿着扶手爬过来，余光还处处留意着小狗吉普。他紧张地咳嗽了两三次，捋了捋胡须，擦了擦嘴，终于开口说：“嗯——呃——你肯定知道所有船里都有老鼠对吧，医生？”

医生回答说：“是啊。”

“那么你听说过——老鼠总是会离开那些马上要沉的船——这种说法吧？”

“是的，”医生说，“的确是有人这么跟我说过。”

“人类，”老鼠说，“总会在言语中流露着嘲讽——就好像这是什么可耻的事情一样。但是你不能责怪我们，对吗？毕竟，如果能离开的话，谁会愿意待在即将沉没的船上呢。”

“是的，这当然了，”医生说道，“很正常，我完全能够理解……嗯，你还有什么想告诉我的吗？”

“是的，”老鼠说道，“我是来告诉您，我们要离开这艘船了。但是走之前想要提醒您，这艘船非常糟糕，而且很不安全。船两侧不是很牢固，木板都腐烂了，估计明晚之前它就会沉到海底。”

“可你是怎么知道的？”医生问道。

“我们能够知道，”老鼠回答道，“因为我们的尾巴尖会产生刺痛感，就好像你脚麻的感觉。今天早上六点，我正在吃早餐，我的尾巴突然感到刺痛。起初，我以为是我的风湿病又犯了。所以，我就去问我姨妈有没有特别的感觉——你记得她吗？那只长长的花斑鼠，特别瘦。去年春天得了黄疸去泥塘镇找你看过病。就是她说自己的尾巴也有刺痛感！所以，我们就确定了这船两天内肯定会沉。于是，我们打定主意，只要能足够接近陆地，就会立马离开这条船。这船真的很糟糕啊，医生，千万别再坐了，不然你们肯定会被淹死的……再会吧！我们要在这岛上找个好地方安顿下来。”

“再会！”医生说道，“非常感谢你来告诉我。你真的非常贴心！代我向你姨妈问好，我记得她……吉普！别去追那只老鼠。吉普过来！趴下！”

于是，医生和动物们也都下了船，提着桶，端着锅，在岛上四处找水，燕子们则在一旁休息。

“我想知道这岛叫什么名字，”医生爬上山坡的时候说，“这里看起来不错。好多鸟啊！”

“这是金丝雀群岛，”小鸭达达说道，“你没听到金丝雀在唱歌吗？”

医生停下脚步仔细听着。

“呀，确实是的！”他说，“我可真傻！我突然想到，他们是不是能告诉我们在哪儿能找到水。”

这时，金丝雀们飞了过来，他们从候鸟那里听说过杜立德医生的所有事迹。接着，他们带着医生来到一股清凉干净的泉水处，金丝雀们经常在那里洗澡。接着，还带他看了金丝雀们赖以进食的秀美草地，还有岛上其他的美景。

推来搡去特别开心能来到这里，因为相比在船上吃的那些干掉的苹果，他更喜欢这里的绿草。小猪嘎嘎也开心地叫着，因为他发现了一个长满野甘蔗的山谷。

不一会儿，他们就吃饱喝足了，于是躺下休息，金丝雀还为他们唱着歌。这时，两只燕子急匆匆地冲过来，非常慌张。

“医生！”燕子们喊道，“海盗已经靠岸了，而且上了你的船。他们正在船舱里四处找寻可以偷走的东西。现在，他们自己船上一个人都没有。如果你现在赶回海边，就能上他们的船——那艘很快的船，然后逃走。但是你一定要快点行动。”

“这是个好主意，”医生说道，“太棒了！”于是，他立马喊上动物们，在和金丝雀道别后，跑回了岸边，看见那艘有三面红色帆的海盗船正停在水中——正如燕子们说的那样，上面一个人都没有。所有的海盗都在医生的船舱里，寻摸着有什么可以偷走的。

于是，约翰·杜立德让动物们悄悄过去，最后他们全都成功爬上了海盗船。

CHAPTER 13
巴巴里之龙

由于小猪嘎嘎在岛上吃了太多受潮的甘蔗，所以感冒了。要不是这个缘故，一切就都十分完美。事情是这样的：

他们悄悄地起锚，小心翼翼地把船驶出海湾，小猪嘎嘎这时突然猛地打了个喷嚏。喷嚏的巨响引得另一艘船上的海盗急忙冲上楼查看发生了什么。

当他们发现医生逃跑了，便立刻起航横渡到海湾的入口处，拦住医生不让他进入远海。

坏人的首领(自称为“本·阿里——龙”)冲医生挥舞着拳头，大声叫喊道：“哈！哈！抓住你啦，我亲爱的朋友！你打算用我的船逃跑，是吗？不过你可不是一个能够打败巴巴里之龙——本·阿里的好水手。我想要你那只鸭子，还有猪。这样，我们晚饭就可以做猪排和烤鸭了。但是在我放你回家之前，你得让你的朋友给我送来满满一箱金子。”

可怜的小猪嘎嘎开始流泪，小鸭达达已经准备要飞走逃命。而这时，猫头鹰图图，对医生耳语道：“拖住他让他继续说，医生，先顺着他的心意。咱们那船肯定很快会沉的——那些老鼠说过，明晚之前那船一定会沉到海底——老鼠说的话，错不了的。咱们乖乖顺着他们，等船沉，就让他继续不停地说下去。”

“什么！明天晚上！”医生说道，“好吧，我尽力……让我想想，我该说些什么呢？”

“哦，让他们过来，”小狗吉普说道，“我们可以和这些臭流氓干上一架。他们只有六个人，叫他们来。等我们回家后，我就可以骄傲地告诉隔壁的柯利牧羊犬，我可是教训过真正的海盗的。让他们来，我们能跟他们拼。”

“可是他们有手枪和剑，”医生说道，“不，这可行不通。我必须和他聊聊……嘿，看这儿，本·阿里——”

然而，就在医生开口说话前，海盗已经把船挪近了一些。他们肆无忌惮地笑着，还在互相争执说“看谁先抓到那头猪”。

可怜的小猪嘎嘎惶恐不安，推来搡去在桅杆上磨起了自己的犄角，准备跟他们干上一架。而小狗吉普一直很兴奋，不停地叫唤，用犬语大骂本·阿里。

不过，没多久，海盗那边看起来就有点不对劲了。他们不再放声大笑，也不开玩笑了，仿佛陷入了困境。看来有什么事儿让他们感到很不安。

这时，本·阿里盯着他的脚尖，突然大声吼叫：“怎么会这样！兄弟们，船进水了！”其他的海盗们都盯着船边，他们发现船身的确在一点点往水里沉。其中一个海盗对本·阿里说：“可如果这条破船要沉的话，我们应该看得到老鼠离开啊。”小狗吉普对着他们喊道，“你们这些大笨蛋，船上已经没有老鼠可离开了！他们两小时前就走了！‘哈，哈’送给你，‘我聪明的好朋友们’！”

但是，海盗们当然听不懂小狗吉普在说些什么。很快，船的前半段开始不断下沉，而且越来越快，不一会儿，这船就几乎是倒立着的样子了。海盗们不得不抓住一切能够防止他们滑下去的东西，扶手、桅杆、绳子等等。海水咆哮着冲进来，穿过所有的窗户和门。最后，船突然沉入了海底，伴随着巨大的可怕的汩汩声，留下六个坏人在海湾的深水中上下起伏。

他们中有些人开始向小岛海岸游去，而有些人则试图登上医生所在的船。但是小狗吉普猛咬他们的鼻子，所以他们不敢爬上船沿。突然，他们都惊恐地大喊着：

“鲨鱼！鲨鱼来了！别让他们吃掉我们，让我们上船吧！救命！救命！——鲨鱼！鲨鱼！”

这时，医生才看到，整个海湾里遍布着大型鱼的背鳍，他们在水中快速穿行。这时，一条大鲨鱼游到船边，从水里伸出鼻子，对医生说道：

“你是约翰·杜立德吗？那个有名的动物医生？”

“是的，”杜立德医生说，“就是我。”

“好的，”鲨鱼说道，“我们知道这些海盗非常恶毒，尤其是本·阿里。如果他们骚扰你，我们非常愿意帮你吃掉他们，这样他们就不会烦你了。”

“谢谢，”医生说道，“这真的是太贴心了！但是，我看还是不需要吃掉他们，只要别让他们上岸就行了，除非听到我的口令，否则就让他们继续在水里待着，这样可以吗？另外，请让本·阿里游过来，我有话要对他说。”

于是，鲨鱼游走了，把本·阿里赶过来见医生。

“听着，本·阿里，”约翰·杜立德俯在船沿上对他说道，“你以前是一个非常坏的人，我知道你杀了很多人。这些好心的鲨鱼们刚刚建议我同意让他们吃掉你。如果你能从此在海上消失，那看起来确实是个天大的好事。但是如果你答应我的要求，我就可以让你安全地离开。”

“我需要做什么？”海盗一边问医生一边看到水下那条大鲨鱼正在闻他的腿。

“你不可以再杀人，”医生说道，“你不可以再偷窃，不可以弄沉任何船，也不可以再做海盗。”

“但那我去做什么？”本·阿里问，“我靠什么生活？”

“你和你的人可以上岸，去做种鸟食的农夫，”医生回答道，“可以给金丝雀种鸟食。”

巴巴里之龙气得脸色发白。“种鸟食！”他厌恶地咆哮起来，“难道我就不能做水手吗？”

“不，”医生说道，“不可以。你做水手的时间已经够久了！还把许多坚实牢固的船和那些善良的人们都沉到了海底。你有生之年必须做一个安分守己的农夫。要知道鲨鱼还在等着，不要再浪费人家的时间，所以赶紧决定吧。”

“这算什么事啊！”本·阿里满腹怨气地咕哝着，“鸟食！”他又看了看水里，那条大鲨鱼正在闻他的另一条腿。

“好，那再好不过了，”他悲痛地说，“我们就做农夫去。”

“记住，”医生说道，“如果你不能遵守你的诺言——如果你又开始杀人或者偷窃，我会知道的，因为金丝雀们一定会来告诉我。那时，我必定会想出惩罚你的方法。或许尽管我不能像你一样开船，但是只要飞禽、走兽和鱼类都是我的朋友，我就根本不必害怕你这样的一个海盗头目——即使自称为‘巴巴里之龙’。好了，去吧，做个农夫，安分地生活。”

然后医生转向大鲨鱼，摆手说：“没事了，就让他安全地游到岸上去吧。”

CHAPTER 14
耳聪目明的图图

医生和动物们再次对鲨鱼们的善意表达感谢之后，就重新起航，踏上了回家的路途。这一次是乘着有三面红帆的快船。

船只进入远海时，动物们都跑到楼下去想看看船里面是什么样子。医生靠在船后的栏杆上，抽着烟斗，望着在蓝灰色苍茫的暮色中逐渐消失的金丝雀群岛。

他站在那儿，心里思忖着不知猴子们现在过得怎么样，还有泥塘镇的家里，不知道花园现在是什么样子了。就在这时，小鸭达达跑上楼来，情急中还摔了一跤，可她满脸笑意，好像还有很多新鲜事要说。

“医生！”她喊道，“海盗们的船简直太漂亮了——真的！楼下的床是用淡黄色的丝绸做的，还有上百个枕头和床垫；地上铺着厚实又柔软的地毯；餐具都是银制的；还有各种各样好吃的好喝的，还有些没见过的；另外，还有食物储藏室，那里简直就像个商店一样。你这辈子绝对没见过这样的东西——你想，他们竟然养了五种不同的沙丁鱼。这些人啊！快过来看看吧……对了，我们在下面还发现了一间小屋子，门锁起来了。我们倒是很想进去看看里面是什么。小狗吉普说，那儿肯定是海盗们藏宝贝的地方。但是我们打不开门，你来看看能不能帮我们打开。”

于是，医生走下楼去，他发现这确实是条漂亮的船。他看到动物们都围着一个小门，吵吵闹闹，在猜测里面有些什么。医生转动门把手，但是门并没有开，于是他们便开始四处寻找钥匙。他们翻了垫子下面，摸了所有的地毯，还翻遍了所有的碗柜、抽屉和储物柜，还有餐厅的大箱子。总之，他们找遍了每一个角落。

在四处寻找钥匙的过程中，他们又发现了很多新鲜奇妙的东西，当然那一定都是海盗们从别的船上偷的，比如像蛛网一样轻薄，还绣着金色花的克什米尔围巾；一罐罐上好的牙买加烟草；装在象牙雕盒里的俄罗斯茶叶；一把断了根弦的小提琴，这琴背后还贴着一幅画；还有用珊瑚和琥珀雕刻成的一副国际象棋棋子；六个镶着绿松石的银边酒杯；一个特别精美的用珍珠母贝做的糖罐子。但是，整条船上竟然没有可以打开那扇门的钥匙。

他们又回到门前，小狗吉普透过钥匙孔往里看，但里面有东西挡住了视线，所以他什么都看不见。

大家围坐着，正在想还能做些什么。猫头鹰图图突然说：“嘘！——听！——我感觉有人在里面！”于是他们全都一声不响地听着。

然后，医生说道：“你肯定听错了，图图，我什么都没听到。”

“我敢肯定，”猫头鹰图图说，“嘘！——又来了。难道你们什么也听不见吗？”

“是的，我什么也听不见，”医生问道，“是什么样的声音？”

“我听到有人把他的手放进口袋。”猫头鹰说。

“但这个动作几乎不会发出声音来啊，”医生说，“你在门外不可能听到。”

“不好意思，但是我就是可以，”猫头鹰图图说道，“我跟你说，门那边有个人，正在把他的手放进口袋。其实几乎所有事物都会发出声音——就看你的耳朵是不是敏锐，能不能捕捉到这些声音了。蝙蝠能听到鼹鼠在地底下的坑道里走动的声音，就这么点三脚猫的功夫，他们就以为自己的听力了不得。但是我们猫头鹰，只需要一个耳朵，甚至在黑暗中，通过辨别小猫眨眼的方式，告诉你小猫是什么颜色。”

“天哪，天哪！”医生说道，“太惊人了。这真有趣……再听听，告诉我他现在在做什么。”

“我还不是很确定，”猫头鹰图图说，“不确定是不是男人，也许是个女人。把我举起来，让我去钥匙孔那里听一听，立马就能告诉你。”

于是医生把猫头鹰图图举起来，贴着门锁。不一会儿，图图说：“现在他正用左手揉脸。手很小，脸也不大。可能是个女人——不。现在他正在把前额的头发捋到后面——肯定是个男人。”

“女人有时候也这样做呀。”医生说道。

“当然，”猫头鹰说道，“但是女人们这样做的时候，她们的长发听起来是完全不一样的……嘘！让那头躁动不安的猪别乱动。现在你们都屏住呼吸，这样我才能听得更清楚。这件事其实难度很大——这烦人的门板实在太厚了！嘘！大家保持安静，闭上你们的眼睛，屏住呼吸！”

猫头鹰图图斜靠在那里，很努力地听了很久。最后他看着医生说：“这个人非常不开心，他在哭。但是他还是小心翼翼地，不哭出声来，也不抽泣，以防被人发现他在哭。但是我十分确定听到了他的眼泪落在袖子上的声音。”

“你怎么知道那不是水从天花板落到他身上？”小猪嘎嘎问道。

“哼！真是无知！”猫头鹰图图对此嗤之以鼻，“水滴从天花板上落下来的声音可比这要大十倍！”

“好吧，”医生说道，“如果这可怜的人那么不开心，我们应该进去看看他是怎么了。给我找把斧子，我来把这门劈开。”

CHAPTER 15
海洋八卦

没多久，大家就帮医生找来了斧子。医生很快在门上劈了个足以爬进去的大洞。

里面一片黑暗，导致一开始他什么都看不见。于是，他划了根火柴，看到这个房间非常小，没有窗户，天花板也很低。仅有的家具就是一只小凳子。房间墙壁四周都是些大桶，桶底被固定住，以防他们随着船的起伏滚来滚去。大桶上方的木钉上挂着大大小小的锡合金制成的水壶。房间里有一股浓烈的酒味。在地板中间，坐着一个小男孩，大概八岁的样子，正在伤心地痛哭着。

“我敢说这儿肯定是强盗们的‘朗姆酒屋’！”小狗吉普轻声说。

“对，就是朗姆酒！”小猪嘎嘎说道，“这味道闻起来让我头昏脑涨。”

小男孩这时由于突然看到一个人站在面前，周围还有一群动物从门板的破洞里张望着，所以他害怕极了。但是当他在火柴的微光中看见约翰·杜立德的脸，就停止哭泣，站了起来。

“你不是那些海盗的人，对吗？”他问道。

医生仰头朗声笑了好一会儿，这时小男孩也笑了，过来拉起他的手。

“你笑起来像朋友，”他说，“不像是海盗。你能告诉我，我舅舅在哪儿吗？”

“恐怕我做不到，”医生说道，“你最后一次见他是什么时候？”

“前天，”小男孩说，“海盗来的时候，我和我舅舅正乘着我们的小船钓鱼。他们弄沉了我们的渔船，把我俩带到了这艘船上。因为我舅舅能在各种天气里开船，所以那些坏人叫他跟他们一样做海盗。但是舅舅说他根本不想做海盗，因为杀人和偷窃都不是一个好渔夫该做的事情。然后，那个头头——本·阿里就气得咬牙切齿，说如果我舅舅不按照他们说的做，就要把他扔到海里。然后，他们就把我带到了楼下，我可以听见上面打架的声音。第二天，他们又把我带上来，但是我舅舅已经不见了。我问他们我舅舅在哪里，但他们没有告诉我。我很担心他已经被扔进海里，淹死了。”说着，小男孩又哭了起来。

“原来如此。等等，先别哭了，”医生说道，“我们去餐厅喝杯茶，边喝茶边讨论。也许你舅舅一直都很安全，你其实也并不确定他被淹死了，对吗？所以还有希望，也许我们能帮你找到他。首先，我们先去喝点茶，再来点草莓酱。然后，我们来看看能做些什么。”这时，动物们站在他们身边围成一圈，也都好奇地听着。当他们到餐厅喝茶的时候，小鸭达达走到医生椅子后面悄声说：

“问问海豚，打听一下小男孩的舅舅是不是已经被淹死了——他们肯定知道。”

“好的。”医生说着便拿出第二片面包，还涂上了果酱。

“你用舌头发出的那些滴答声是什么？真有意思。”小男孩问。

“哦，我刚刚在说鸭语，”医生回答说，“这是达达，我们家的动物之一。”

“我都不知道鸭子还有语言，”小男孩说道，“这些动物都是你的家人吗？那个看起来很奇怪，有两个头的又是什么呢？”

“嘘！”医生轻声说，“那是推来搡去，别让他发觉我们在谈论他，否则他会非常尴尬不安……告诉我，你是怎么被关进那个小房间的？”

“海盗们去另外一艘船上偷东西的时候就把我关到了那儿。听到砸门的声音时，我不知道来的人会是谁。还好，我很开心那是你们。你觉得能帮我找到舅舅吗？”

“嗯，我们会尽全力的，”医生说道，“你舅舅长什么样子？”

“他长着红色的头发，”小男孩回答道，“颜色很红很红，胳膊上有个船锚样子的文身。他非常强壮，是个很好的舅舅，还是南大西洋最棒的水手。他的渔船叫‘俏佳人萨利号’，是艘单桅小帆船。”

“什么是‘单桅小帆船’？”小猪嘎嘎转头小声问小狗吉普。

“嘘！就是那船的型号，”小狗吉普说道，“安静点，行吗？”

随后，医生让小男孩和动物们在餐厅里玩耍，自己则上楼去找找路过的海豚。不一会儿，一大群海豚就出现了，他们在海浪中跳跃着，在水中舞动着身体，他们正要去巴西。他们看到医生正靠在船沿扶手边，于是游过来询问他最近如何。医生问他们是否看到一个红头发，胳膊上有着船锚文身的男人。

“你是说‘俏佳人萨利号’的主人吗？”海豚问道。

“是的，”医生说，“就是那个人。那么，他已经被淹死了吗？”

“他的渔船沉了，”海豚说，“因为我们在海底看到了那艘船。但是我们进去看过了，里面并没有人。”

“他的小外甥在我们船上，”医生说道，“但小男孩很担心海盗们是否把他的舅舅扔下海了。所以，你们能不能帮我确定一下，看他是否被淹死了？”

“原来是这样，但他并没有被淹死，”海豚们说，“如果淹死了，我们肯定会从深海的十脚动物那儿听说的。我们海豚了解海里所有的八卦见闻，那些贝壳类生物都把我们叫做‘海洋八卦组’。请帮我们转告那个男孩，很抱歉我们并不知道他舅舅在哪里，但是我们很肯定他舅舅还没有淹死在海里。”

于是，医生跑回楼下告诉小男孩这个消息，他听到后高兴地拍起手来。然后，推来搡去驮着小男孩，围着餐厅桌子爬了一整圈。所有的动物们都跟在后面，用勺子敲打着餐盘盖子，仿佛在举行庆典游行一般。

CHAPTER 16
气味

“接下来，我们肯定能找到你舅舅的，”医生说，“至少现在，我们已经知道他没有被扔进海里。”

小鸭达达又跑过来对医生轻声说：“就请老鹰们帮我们找找这个人吧，没有人能比老鹰看得更远，他们在数英里的高空中飞的时候，连地上爬的蚂蚁都能数得清。所以就问问他们吧。”

于是，医生派了一只燕子去找老鹰。大概一小时后，燕子领着六只不同种类的老鹰飞回来了：一只林雕，一只秃鹰，一只鱼鹰，一只金雕，一只雕鹫和一只白尾海雕，每一只甚至都比小男孩还要高出一倍。他们站在船沿扶手上，就好像排成一列的士兵：表情严肃，一动不动地笔直地站着，只有那炯炯有神的黑色的大眼睛，向周围投射出犀利的目光。小猪嘎嘎害怕他们，就躲到大桶后面去了。他说，他觉得那些可怕的眼睛似乎能看穿他，能看到他午饭偷吃了什么。

医生对老鹰们说：“有一个人走失了——一个红头发，肩膀上有船锚文身的渔夫。你们能不能发发善心，帮我们找到他？这男孩就是那个人的外甥。”

老鹰们平日里不常讲话，此刻，他们一起用沙哑有力的嗓音回答道：“你大可放心，我们定会竭尽全力——为了约翰·杜立德医生。”说罢他们便飞走了，同时，小猪嘎嘎也从桶后面走出来目送他们离开。

他们一直往上飞，越来越高，越来越高，直到医生只能勉强看到他们。只见老鹰们分散开来，朝东南西北各个方向飞去，看上去就像几颗细小的黑色沙粒慢慢爬过辽阔的蓝天。

“我的天啊！”小猪嘎嘎低声说道，“可真高啊！他们离太阳那么近，难道羽毛不会烧焦吗？”

他们去了很久，回来的时候已经将近晚上了。老鹰们对医生说：“我们搜寻了这半球上所有的海洋、国家和岛屿，还有所有城市与村庄，但是都没能找到他。但是，在直布罗陀城的一条大街上，我们倒是看到一家面包房门前的独轮手推车上有三撮红头发。但那不是人的头发，是皮衣里的。除此之外，无论是陆上，还是水里，我们都找不到他舅舅的任何踪迹。如果我们没有看见他，那么估计也没人能看见他了……我们尽力了——为了约翰·杜立德医生。”说罢，六只大鸟拍打着巨大的翅膀，飞向了他们在高山岩石上的家。

“好吧，”他们走后，小鸭达达说道，“现在，我们该怎么办呢？我们必须找到男孩的舅舅——没有第二条路可走。这个小家伙年纪还太小，不可能独自一人去闯天下。男孩子可不是鸭子——他们长大之前，都得有人照顾，真希望猴子奇奇在这儿啊……他一定很快就能找到那个人。我亲爱的奇奇，不知道他现在怎么样了！”

“如果鹦鹉波利还跟我们在一起的话，”白老鼠说道，“她一定会很快想出办法。你们记得她是怎么把我们从牢房里救出来的吗？我的天啊，她可真聪明！”

“我并不觉得那些老鹰厉害，”小狗吉普说，“他们只是自以为了不起罢了，他们也许是有最棒的视力，还有其他一些什么本事。但是，一旦请他们去找个人的时候，他们就办不到了。他们居然还有脸回来说，如果他们做不到也没人能做到了。他们这就是自负——跟泥塘镇的柯利牧羊犬一样。另外，我也不看好那些爱嚼舌根的海豚。他们告诉我们的也就是那人不在海里罢了。我们不想知道他不在哪里，而是他在哪里。”

“算了，别说那么多了，”小猪嘎嘎说道，“说说总是很容易的。但是满世界找一个人哪有那么容易啊？也许是因为太担心小男孩，他舅舅的头发都变白了呢，所以导致老鹰们没找到他，这也是有可能的。你并不了解所有的情况，你就只是会说，但什么忙都没帮上。你根本不比老鹰强，也许你也根本找不到小男孩的舅舅。”

“是吗？”小狗吉普说，“你懂什么，你这愚蠢的活猪肉培根！我都还没试呢，不对吗？你等着瞧！”

随后，小狗吉普就去找医生，对他说：“麻烦你去帮我问问小男孩，他口袋里有没有什么是属于他舅舅的，好吗？”

于是，医生去问了小男孩。小男孩拿出来一个金戒指，因为他手指太细戴不了，所以他用一条链子挂在脖子上。他说这是海盗来的时候舅舅给他的。

小狗吉普闻了闻戒指说："这个不太行。问问他有没有什么其他属于他舅舅的东西。"

接着，小男孩从口袋里掏出一块大红手绢说："这也是我舅舅的。"

小男孩刚一拿出手绢，小狗吉普就喊道："鼻烟，没错！——是黑鼻烟。你们难道闻不到吗？他的舅舅抽鼻烟——问问他，医生。"

医生于是又问了小男孩，小男孩说："是的。我舅舅抽很多鼻烟。"

"太好了！"小狗吉普说道，"其实这人很好找，就跟从小猫那里偷牛奶一样容易。告诉小男孩，要不了一周，我就能帮他找到他舅舅。现在，我们上楼去看看风向。"

"但是现在天都黑了，"医生说道，"你摸黑没法找他的！"

"找一个带着黑鼻烟味道的人，我不需要光，"小狗吉普边说边爬上楼梯，"如果这人的味道很难辨认，比如像绳子，或者像热水的味道，那就另当别论了。但那是鼻烟的味道！——啧啧，啧啧！"

"热水有味道吗？"医生问道。

"当然有，"小狗吉普说，"热水和凉水闻起来区别非常大。温水和冰，味道都很难追踪。我曾经在黑夜里凭着刮胡子的热水味追踪了一个男人十英里，就因为那可怜的家伙没有香皂……那么现在，我们来看看风向。对于长距离闻味道来说，风是非常重要的，不能是强风——当然还必须是正确的风向。另外，温和、连续又潮湿的微风是最好不过的啦……哈！——现在是北风——"

接着小狗吉普跑到船头闻着吹来的风，开始喃喃自语：“焦油、西班牙洋葱、煤油、潮湿的雨衣、捣碎的香叶、燃烧的橡胶、洗干净的蕾丝窗帘——不，不对，是正晒着的蕾丝窗帘。还有，狐狸——成百上千只——幼崽；还有——”

“你真的能从一阵风里闻到这么多不同的东西吗？”医生问道。

“那当然了！”小狗吉普说道，“这只是一些很容易闻得到的气味，因为这些东西味道比较重。甚至有些非纯种狗，即使感冒了，都能闻出那些气味。等着，我会告诉你在这风里比较难闻出来的味道，那些气味特别微弱。”于是，小狗吉普紧紧闭上眼，把鼻子伸到风中，半张着嘴努力嗅着。

过了很久，他都没说话，像石头一样一动不动，甚至几乎看不到他在呼吸。

终于，他开口说话了，听起来就好像是在梦中忧伤地低吟。“砖头，”他低沉地轻声说，“花园围墙上，古老的黄砖头，爬满了岁月的痕迹；山林小溪间，吹来了小母牛们恬静的气息；正午的阳光照在鸽子屋上，也许是谷仓上；黑色的羊羔皮手套，躺在胡桃木做的衣柜抽屉里；一条满是灰尘的小路上，悬铃木下有一个饮水马槽；小蘑菇正从沤烂的树叶里拱出来；还有——还有——还有——”

“有萝卜吗？”小猪嘎嘎问道。

“没有，”小狗吉普说，“你总是想着吃，没有萝卜——也没有鼻烟，虽然有许多烟斗和香烟，还有一些雪茄，但就是没有鼻烟。现在我

们得等到风向调转到南风。”

“好吧，都怪这风不好。”小猪嘎嘎说道，“我觉得你才是个骗子呢，吉普。从来没有听说过谁可以在大海中央凭气味找人的！我就跟你说了，你做不到的。”

“喂！说话小心点！”小狗吉普有些生气地说道，“你是想让你的鼻子马上被咬一口吧！你不要以为医生不让我们惩罚你，虽然那是你应该的，你就可以像现在这样放肆，这么厚脸皮！”

“别吵了！”医生说道，“别吵了！我们时间宝贵。快告诉我，吉普，你觉得这些味道是从哪里来的？”

“大部分是从德文郡和威尔士，”小狗吉普说道，“风是从那边来的。”

“好的，好的！”医生说道，“这个消息很重要——非常重要，我要在新书中记录下来。我也在想，你是否能够训练我也有这样的本领……不过算了，也许，我就做我自己也挺好。有句话叫‘知足常乐’。好吧，我们下楼吃饭，我太饿了。”

“我也是。”小猪嘎嘎说道。

CHAPTER 17
岩石

第二天一大早，他们从昂贵的丝绸床单中醒过来，看到太阳正闪耀着光芒，并且这时的风正从南边吹来。

于是，小狗吉普花了半小时嗅着这吹来的南风，然后他过去对医生摇摇头说：“我还是没有闻到鼻烟的味道，我们得等东风。”

但直到下午三点，当东风来了的时候，小狗吉普还是没能闻到鼻烟的味道。小男孩失望极了，又开始哭，他觉得没办法找到他舅舅了。于是，小狗吉普对医生说：“告诉他西风来的时候，我就能找到他舅舅，哪怕他是在中国——只要他还抽黑鼻烟。”

他们等了三天，终于等来了西风。这是个星期五的清晨——天刚蒙蒙亮，海面上笼罩着一层薄薄的雾气，海风轻柔，又温暖潮湿。

小狗吉普一醒来就立马跑上楼，把鼻子伸进空气中。突然，他变得异常兴奋，冲回去把医生叫醒。

“医生！”他喊道，“我找到了！医生！医生！快醒醒！听着，我找到了！西风里什么味道都没有，只有鼻烟味。上楼来开船——快！”

医生匆忙地从床上爬起来，冲向船舵去开船。

“现在，让我站前面，”小狗吉普说道，“你注意看我的鼻子——我指向哪里，你就把船转向那个方向。这个人离得不远——因为那味道很重。今天的风很帮忙，非常潮湿。好，现在看着我！”

于是，整个早晨，小狗吉普都站在船的前端，闻着风中的味道，为医生指路。同时，小男孩和其他动物们都围在一旁，睁大了眼睛，惊奇地看着小狗吉普。

大概到午饭的时候，小狗吉普让小鸭达达去跟医生说，他现在有点不安，想跟医生说句话。于是，小鸭达达从船的另一端找来医生，小狗吉普对他说：“男孩的舅舅快饿死了，我们必须尽快赶到。”

“你怎么知道他快饿死了？”医生问道。

“因为西风里除了鼻烟味，再没有其他味道了。”小狗吉普说道，“如果这个人做饭，或者吃了其他种类的食物，我一定能闻出来。但是他甚至连口水都没有喝到。他只有鼻烟，还吸了不少。还好，我们现在离他越来越近，这味道越来越浓烈了。要再快些，我确定他真的快饿死了。”

“好的。”医生答道。然后，他让小鸭达达去请燕子们拉船，就像海盗追击的那次一样。

于是，这些勇敢的燕子飞下来，又一次拽起了绳子拉着船前行。接着，船就以极快的速度在波浪上跳跃前行着。由于船速太快，水中的鱼不得不跳开让路，免得被撞到。

所有的动物们都非常兴奋，他们不再看着小狗吉普，而是面向前方的海面，侦查前方是否有任何陆地或岛屿，也许那个正挨饿的人在上面。可是几个小时过去了，船还在一望无际的海上急速前行着。

目光所及之处没有出现过任何陆地。动物们不再说话了，而是沉默不安地围坐在一起，失落的心情让小男孩再一次陷入痛苦。此时，小狗吉普的脸上也笼罩着一层忧虑。

终于，在太阳即将落山的傍晚时分，栖息在桅杆顶端的猫头鹰图图突然大声呼喊起来，他的声音从上面传来，吓了大家一跳，“吉普！吉普！我看见我们前面有一块很大很大的岩石——看——就在水天交接的地方。你看阳光照耀在上面——像金子一样！味道是从那里来的吗？”

小狗吉普回应道：“是的，就是那里，那人就在那儿。终于找到了，终于找到了！”

当他们即将抵达的时候，发现那块岩石非常大——就像一小片陆地一样。上面没有树，没有草——什么都没有。这块岩石跟乌龟的脊背一样光滑，毫无可以躲藏的地方。

医生把船开过去，围着岩石转。但是，上面并没有任何人。所有的动物们都努力睁大了眼睛，尽力寻找着，约翰·杜立德还从楼下拿了一副望远镜瞭望着。

但是，据他们侦查，上面没有任何活着的生物——连只海鸥，甚至一粒海星或者海带的碎渣都没有。

他们一动不动地站着，努力张着耳朵仔细听，不放过任何声音。但是他们唯一能听见的就是小波浪轻柔地拍在船身上的声音。

他们开始一起大喊："你好，有人吗？你好！"但是他们只听到自己的回音，他们依然呼喊着，直到声嘶力竭。

小男孩突然哭起来，"我估计再也见不到舅舅了！我回家的时候该怎么对大家交代？！"

但是小狗吉普对医生说："他一定就在那儿——一定的——一定的。气味到这里就停了，所以，他一定在这里。把船开得再近一点，让我跳上去。"

于是，医生尽可能把船靠近岩石，并抛下船锚，他和小狗吉普下船来到了岩石上。小狗吉普立马把鼻子凑到地上，然后跑遍了所有的地方。他上上下下，来来回回，弯弯折折地跑来又跑去。跑到哪里，医生都紧紧地跟在后面，直到他跑得上气不接下气。

最后小狗吉普大喊一声，坐下了。当医生跟着他跑过来后，他发现小狗吉普正朝着岩石中央一个又大又深的洞里看。

"男孩的舅舅在下面，"小狗吉普轻声说，"难怪那些没脑子的老鹰看不见他！——找人，还是得靠狗才找得到。"

于是，医生下到洞里去，里面看起来像是一个山洞，又像是隧道，向地下一直延伸了下去。他点燃一根火柴，小狗吉普跟在身后，在黑暗的隧道深处前进。

医生的火柴很快燃尽了，于是他又点燃一根，一根又一根。

最后走到隧道尽头的时候，医生发现自己置身在一个仿佛全是石墙的小房间中。

就在那里，房间的中央，一个红头发的男人，头枕着胳膊躺在那里——在睡觉！

小狗吉普走上前来，闻了闻他旁边地上散落的物品，医生弯腰把那东西捡起来。那是一个大鼻烟盒，里面装满了黑鼻烟！

CHAPTER 18
渔夫的小镇

医生轻轻地——非常轻柔地把男人唤醒了。

但是就在这时，火柴又燃尽了，周围一片漆黑。男人以为是本·阿里过来抓他了，于是他在黑暗中给了医生一拳。

于是，约翰·杜立德告诉他自己是谁。当红发渔夫得知自己的外甥正在医生的船上，而且很安全，男人高兴极了，他连忙为刚才打了医生而道歉，还好他并没有伤到医生，因为光线太暗，所以那一拳打得并不准。

随后，他还给了医生一小撮儿鼻烟，开始讲述他如何拒绝做海盗，巴巴里之龙是怎么把他带到这块岩石上，并把他独自留在这里。因为这里没有房屋避寒，他就常常在洞里睡觉。

接着他又说道："我已经四天没有进食进水了，全靠鼻烟活着。"

"这就对了！"小狗吉普说道，"还记得之前我是怎么说的吧？"

接着，他们点了许多火柴，来照亮走出隧道的路，直到他们看到阳光。医生急忙带着男人回到船上，准备煮些汤给他喝。

当动物们和小男孩看到医生和小狗吉普带着一个红头发的男人回到

船上时，他们欢呼起来，在船上叫着跳着。天上成千上万只燕子也都高声地吹着口哨，以表达喜悦之情——非常开心医生和小狗吉普终于找到了这位勇敢的舅舅。他们的声音很大，以至于远处船只的水手们都以为可怕的暴风雨要来了。

“听！东边有咆哮的风声！”他们说。

小狗吉普看起来自豪极了，虽然他已经尽可能地掩饰住那自豪感，以便不让自己看起来那么自大。接着，小鸭达达跑过来对他说：“吉普，你实在太聪明了，我都不知道该用什么词表达！”

然而，他也只是点点头说：“哦，这没什么特别的。但你要明白，确实只有狗才能找到人。鸟类可不擅长做这个。”

医生问清了红发男人他们的家在哪里，于是便让燕子们在船头引路，开始向他们家驶去。

当他们到达男人所说的地方后，发现这里是个在岩石山脚下的小渔村，男人给他们指了指他的家。

他们放下船锚，小男孩的妈妈(也是那男人的姐姐)跑到海岸边，对着他们又哭又笑。她已经在山坡上坐了二十天，天天望着大海等待他们回来。

她激动地亲吻了医生好几次，医生就一直傻笑着，脸红得像个小女生一样。

她也想亲亲小狗吉普，但是他跑开了，躲进船里去了。“干吗非得亲来亲去呢？真烦人，”他说，“我可不要，如果她一定要亲谁的话，让她亲小猪嘎嘎吧。”

说完了那些道谢的话，男人和他姐姐希望医生能够在这儿多待几天。于是约翰·杜立德和动物们在他们家里度过了整个周末再加上周一的半天。

小渔村里几乎所有小男孩都跑到海边来看那艘大船，他们指着船锚交头接耳道：“瞧！那就是海盗——本·阿里的船，那个称霸四大洋的最可怕的海盗！而这个戴着高礼帽，住在特里维廉夫人家里的老先生，

不仅可以把这船从巴巴里之龙手里夺来，还让他变成了一位农夫。谁能想到他这也能做到啊！虽然他那么温文尔雅！瞧，那些大红船帆！不正是那条看起来很邪恶，速度又很快的船吗？——我的天哪！”

医生住在小渔村的两天半里，人们不停地请他喝茶，参加各种午宴、晚宴和聚会。女士们都给他送来鲜花和糖果，村子里的一支乐队则每晚都在他的窗前演奏。

到了离开的日子了，最后医生说："亲爱的人们，我现在必须要回家了。你们真的是善良又热情，我会永远铭记这一切。但是我必须回家，因为我还有事要做。"

在医生即将离去的时候，小渔村的村长亲自来到医生的房子前，身边还跟着很多盛装打扮的人。同时，几乎所有的村民都在围观，想看看会发生什么。

这时，六个听差的男孩吹奏起闪亮的喇叭，人群才安静下来。只见医生出门走到台阶上，接着，村长开始发表讲话：

"约翰·杜立德医生，"他说，"我很荣幸，可以为驱逐了巴巴里之龙的人，赠与一份来自我们村庄与人民的象征之物，以表我们的感激之情！"

说着，村长从他的口袋里拿出了一个小纸包。他打开纸包，递给医生一块完美无瑕的手表，背后镶着钻石。

接着，村长又从口袋里拿出一个大一点的袋子，问："小狗吉普在哪里？"于是大家都匆忙地开始找吉普，最后小鸭达达在村子另一头的马厩那边找到了他。当时村里所有的狗正静静地围在他身旁，向他表达敬仰和崇敬。

当小狗吉普被带到医生身边，村长打开了那个大袋子，里面是一条纯金打造的项圈！当村长亲自弯腰把项圈给小狗戴上的时候，人群中传来啧啧称奇的低语声。

因为项圈上写着大大的几个字："吉普——世界上最聪明的狗"。

最后，村民一起来到海边，为他们送行。在红发渔夫和他姐姐，以及小男孩一次又一次的致谢之后，那艘挂着红帆的大船又一次起航，快速向泥塘镇进发。他们开船驶向大海的时候，乐队站在岸上为他们演奏饯行。

CHAPTER 19
重返家园

三月的风来了又走，四月的阵雨也已经远去，五月的蓓蕾已开成花，六月的阳光闪耀在舒适的大地上。而这时，约翰·杜立德终于回到了他的家园。

但，他仍没有回泥塘镇的家。首先，他用吉卜赛四轮马车带着推来搡去周游各地，在每一个乡村市集逗留。在市集上，他们一边是杂技表演，另一边是《潘趣与朱迪》木偶剧的表演。于是，医生就挂出一个大招牌，上面写着，“来自非洲丛林的神兽！两个头的神奇生物！精彩不要错过！入场券六便士。”

推来搡去就留在四轮马车里，而其他动物则无所事事地在马车下面悠闲地待着。医生坐在前面收钱，向进去看推来搡去的人微笑示意。这个时候，小鸭达达总是很忙，因为得看着医生，只要一不注意，医生就会免费放孩子们进去。

动物园的管理员和马戏团的人都来找医生，让他把这神奇的动物卖给他们，都说会付一大笔钱给他。但是医生一直摇头，对他们说：

“不行。推来搡去绝不应该被锁在笼子里。他是可以自由来去的，就像你我一样。”

在四处漂泊的生活里，他们见到了许多古怪奇妙的景象和事物。在异乡闯荡过之后，现在周围的一切看起来都显得那么稀松平常。起初，参演马戏团还是很有趣的，但是几周后，他们就对此感到厌倦了，医生和动物们都渴望回家了。

不过，还是有很多人成群结队来到小马车旁付六便士，就为了能够进去看一眼推来搡去。这样一来，医生很快就不用再继续做演出经理人了。

就在一个风和日丽的日子里，当蜀葵花全部绽放开来的时候，医生也回到了泥塘镇，他成了一位富有的人，但仍住在那个有着大花园的小房子里。

马厩里的老瘸马很高兴看到他回来。燕子们也一样，他们早已经在屋檐下筑好了巢，生下了小燕子。小鸭达达特别开心回到了她无比熟悉的房子里，尽管到处都是蜘蛛网，还有一大堆清洁工作要做。

小狗吉普先是跑去向隔壁那只自负的柯利牧羊犬展示他的金项圈，回来后他便开始兴奋地围着花园奔跑，寻找他埋了很久的骨头，还追着老鼠跑出工具房。而小猪嘎嘎则把花园墙角下已经长了三尺高的秋葵挖了出来。

医生去看望借给他船的水手，并带给他两条新船，还有给他孩子的橡胶娃娃。之后，他又去了杂货店，还清了去非洲前欠杂货店主的食物钱。另外，他又买了一架钢琴，把白老鼠放了回去，因为老鼠们说衣柜抽屉透风。

当医生把放在碗柜架子上的旧钱箱装满的时候，他还剩下好多钱没有地方放，于是，他又找来三个钱箱，才把剩下的钱放进去。

“钱啊，”他说道，“是个可怕又讨厌的东西。但是，再也不需要为钱担忧的感觉也真的很好！”

“是的，”小鸭达达说，她正在为她的下午茶烤松饼，“确实如此！”

当冬天再一次来临，雪花扑向厨房窗户的时候，医生和动物们在晚饭后一起围坐在又旺又暖的火堆旁，医生大声地给动物们读着他的新书。

而在遥远的非洲，在猴子们睡觉前，他们总会顶着又大又亮的月亮，倚靠着棕榈树互相聊天：

“我真想知道那个好医生正在做什么——在那里，在人类世界！你觉得他还会回来吗？”

这时，就会从藤蔓上传来鹦鹉波利的声音，说：

“我想他会的——我猜他会的——我希望他会的！”

最后，鳄鱼从河里的污泥中抬起头来，冲他们咕哝说：

“我可以肯定他会的——睡觉吧！”

［全书完］

作者

休·洛夫廷（1886—1947）

美国童话作家、画家。

著有杜立德医生系列丛书，包括《怪医杜立德》《怪医杜立德航海记》《怪医杜立德的归来》《怪医杜立德的花园》《怪医杜立德的动物园》《怪医杜立德的月球之行》等计十二部。其中，《怪医杜立德航海记》于1923年获得美国纽伯瑞儿童文学金奖。

译者

钱梦仑

1988年生，英国利兹大学口译硕士，联合国访问译员。
现从事国际教育工作。

怪医杜立德

作者 _ [美] 休 · 洛夫廷　译者 _ 钱梦仑

编辑 _ 张晓意　装帧设计 _ 何月婷　插画绘制 _ 郑然　主管 _ 陈亮
技术编辑 _ 丁占旭　责任印制 _ 刘淼　出品人 _ 毛婷

果麦
www.goldmye.com

以 微 小 的 力 量 推 动 文 明

图书在版编目(CIP)数据

怪医杜立德 / (美) 休・洛夫廷著；钱梦仑译. --
昆明：云南人民出版社, 2024.6（2025.5重印）
ISBN 978-7-222-22477-3

Ⅰ. ①怪… Ⅱ. ①休… ②钱… Ⅲ. ①童话－美国－现代 Ⅳ. ①I712.88

中国国家版本馆CIP数据核字(2024)第006355号

责任编辑：陈浩东
责任校对：刘　娟
责任印制：李寒东
特约编辑：张晓意
装帧设计：何月婷

怪医杜立德
GUAIYI DULIDE
[美] 休・洛夫廷　著　钱梦仑　译

出版　云南人民出版社
发行　云南人民出版社
社址　昆明市环城西路609号
邮编　650034
网址　www.ynpph.com.cn
E-mail　ynrms@sina.com
开本　720mm × 880mm　1/16
印张　8
印数　15, 001-22, 000
字数　79千
版次　2024年6月第1版　2025年5月第3次印刷
印刷　北京盛通印刷股份有限公司
书号　ISBN 978-7-222-22477-3
定价　49.80元